ANNIE SAUMONT

Née à Cherbourg, Annie Saumont a passé son enfance et son adolescence près de Rouen. Elle part travailler à Paris et devient traductrice, notamment de J. D. Salinger, John Fowles et V. S. Naipaul. Depuis toujours, Annie Saumont se consacre à l'écriture. Avec quelques romans parus avant 1976 et, depuis, plus de deux cents nouvelles réunies dans une vingtaine de recueils, Annie Saumont a reçu de nombreux prix, dont le Goncourt de la nouvelle pour *Quelquefois dans les cérémonies*, le grand prix de la nouvelle de la Société des gens de lettres pour *Je suis pas un camion*, et le prix de la Nouvelle décerné par l'Académie française pour l'ensemble de son œuvre. Elle a publié *La rivière* (2008), *Autrefois, le mois dernier* (2009) aux éditions du Chemin de Fer, ainsi que *Les croissants du dimanche* (2008) et *Encore une belle journée* (2010) chez Julliard, son éditeur depuis quinze ans.

Ses ouvrages singuliers et sensibles, traduits dans le monde entier, la placent parmi les plumes majeures de la littérature contemporaine.

ENCORE
UNE BELLE JOURNÉE

ANNIE SAUMONT

ENCORE
UNE BELLE JOURNÉE

JULLIARD

© Éditions Julliard, Paris, 2010
ISBN : 978-2-266-20990-8

Astéroïde

Le 19 août à 19 h 30, un fragment de corps céleste vieux de plusieurs milliards d'années heurtera la planète.

Heinrick l'a dit au colonel. Le colonel a eu l'air incrédule. Il aura pensé que c'était une mauvaise plaisanterie.

Pourtant Heinrick a fait des calculs. A observé la trajectoire supposée du fragment d'astre. C'est un astronome passionné, il l'avoue. Pas de place pour l'amour dans sa vie, pour une épouse et des enfants, pas de place pour une famille a-t-il souvent répété. Une famille ne serait qu'un tracas de plus face aux dangers venant de l'espace. En ce début d'un mois d'août très chaud on ne perçoit pas de signes directement précurseurs de la collision mais les calculs ne peuvent tromper. Heinrick continue d'affirmer que le caillou est énorme et ne se consumera pas en entrant dans l'atmosphère comme le font les météorites de petite taille.

Le 19 août à 19 heures Heinrick invite les membres distingués de la commission d'études spatiales à se rassembler au labo pour y boire un apéritif. Ce sont tous des scientifiques qui longtemps l'ont encouragé, conseillé, ont partagé ses angoisses. Quelques-uns lui donnaient des avis pertinents, d'autres le présentaient à des amis qui auraient pu lui être utiles, qui auraient pu devenir ses amis. Ou du moins soutenir ses projets.

Il y a ceux qui ont facilité ses relations avec le colonel, responsable des recherches. Épaulé par la commission le colonel décidait aux divers stades du travail s'il était nécessaire d'intensifier l'effort ou si on abandonnait. Heinrick prétendait n'avoir pas besoin d'aide. Pourtant l'appui des collaborateurs lors des premiers mois a été bénéfique. Et puis

Et puis ils ont douté, a constaté Heinrick que leurs doutes a troublé.

Le mieux est d'accepter la situation nouvelle. De s'en réjouir ensemble.

Tous ces gens seront réunis autour des tables, soit assis soit debout, bavardant avec animation. Élise – l'assistante de Heinrick – aura préparé des plateaux de sandwichs. Heinrick versera la vodka ou le whisky. Les épouses des membres de la commission qui n'aimeraient pas l'alcool pourront choisir un jus de fruits.

Eh bien c'est aujourd'hui.

Gerald, frère de Heinrick, lui a confié hier soir que son fils (Antonin) va commencer des études de psycho. Il avait l'intention, à l'université, de s'inscrire en histoire, mais il affirme qu'à l'avenir on aura un besoin accru de psychologues.

Pour apprendre aux hommes à vivre. À combattre ces avatars : pollution, réchauffement, sécheresse. Heinrick s'est abstenu de mentionner les problèmes d'astéroïdes. Il a simplement haussé les épaules.

Pendant des mois il s'est consacré à sa tâche, remplissant des pages de chiffres. En fin d'après-midi le bureau se vidait. Un à un ses collègues le quittaient en lui souhaitant bon courage, après avoir jour après jour vu sortir de l'imprimante les feuilles pleines de courbes et d'équations.

C'était l'heure de rentrer chez soi. Plus que l'heure. Il avait saisi le téléphone, avait dit au colonel

Non, il n'a rien dit.

Le colonel refuse d'imaginer désormais une possible catastrophe. Il parle d'événements antérieurs qui à l'évidence l'auraient annoncée. Le colonel refuse d'admettre que la planète soit en péril. Il a une femme plutôt désagréable et une fille très belle. Quand le colonel s'est marié il était commandant, il avait trente-sept ans. Maintenant il n'est pas loin de la retraite. Il dit qu'il a beaucoup cogité, beaucoup réfléchi. Mais un colonel doit avant tout savoir donner des ordres. Antonin, fils de Gerald, neveu de Heinrick, après cinq ou six années de psycho serait tout à fait capable d'établir avec cet homme sévère de solides principes d'autorité, d'aide et soutien aux victimes.

L'astéroïde est massif. Il pourrait (le pourrait-il ?) dévaster la planète.

On boit, on rit, on raconte. Figurez-vous que. Oh vous y croyez — Les invités allègrement papotent. Chacun cherche la meilleure histoire. Le dénouement le plus spectaculaire. Balivernes. Tous sont certains qu'il est invraisemblable qu'un méchant astéroïde vienne sauvagement perturber une soirée très amicale, heurtant la Terre de plein fouet. Des milliers de météorites pleuvent annuellement dans l'univers. L'actuel record de proximité de la trajectoire pour un roc de taille importante est 105 000 kilomètres. Pourtant le défi demeure. Heinrick a obtenu par son travail obstiné l'inquiétante détermination de paramètres orbitaux fournissant le moyen d'envisager les risques. Personne ne semble en tenir compte. Ils disent entre eux, Quelle folie. Ou bien ils ne disent rien mais

Depuis longtemps Heinrick a remarqué sur leurs visages des rires retenus avec peine. Entendu des glousse- ment moqueurs. A supporté leur incrédulité. Souf- fert de leur arrogance. Il a résolu de frapper un grand coup.

À 19 h 20, Élise, l'assistante, pliera le torchon qui lui sert de tablier. Heinrick l'a persuadée d'assurer le service jusqu'à 19 h 30. Lavage des mains à l'évier et coup de peigne devant le miroir dans un recoin du labo font partie du planning.

Mathématiciens, physiciens, astronomes seront là, plaisantant sans souci. Heinrick n'aura pas oublié ses vérifications, ses efforts inutiles. N'aura pas oublié que la Terre est fragile, qu'un vulgaire astéroïde peut la détruire. Mais sans doute se demande-t-il à présent et depuis quelque temps déjà s'il n'a pas fait une erreur. Chuchotements, ricanements étouffés lui sont une bles- sure. Ceux-là qui marmonnent et se moquent sous couvert de fêter la vie de la planète il les déteste.

En sortant du labo Élise verra se garer dans l'avenue le break noir de la secrétaire d'État.

Élise a quitté les lieux en coup de vent à 19 h 23. Heinrick s'approche de la fenêtre. Tout est tranquille. À 19 h 24 Élise est face au *Bar des Étoiles*. Heinrick l'observe à travers la vitre. Élise serre la main d'une femme raide et massive qui a vraiment l'air de croire qu'elle détient des vérités premières. Élise a sûrement dit, Mon rôle est terminé, à votre tour madame, la remerciant d'apporter un avis officiel en annonçant que le rapport des experts est totalement négatif, la commission va être dissoute, la Terre n'est pas en péril.

Heinrick est pâle.

Une secrétaire d'État obéit à son ministre. Elle a consulté son chargé de mission en ce qui concerne les astéroïdes. Elle sera précise et catégorique.

Elle entre.

Heinrick la salue courtoisement.

Il a caché une grenade dans sa serviette de cuir parmi les feuilles couvertes de chiffres. Il la lancera à 19 h 30. Pour ces gens de la commission n'ayant jamais cautionné franchement son travail (de forçat, prétend-il), pour cette idiote de secrétaire d'État qui ne connaît rien au pouvoir des nombres et se permet de mépriser un laborieux chercheur, pour le colonel intimement persuadé que la règle est de servir sans se poser au préalable des questions existentielles cela fera comme si un astéroïde

Heinrick ouvre la serviette. La fille du colonel soudain s'avance. La fille sourit. Elle est très belle.

La main de Heinrick tremble. Il est 19 h 29.

Chantal

Elle s'appelle Chantal. C'est l'une des 221 782 filles prénommées Chantal depuis 1940. (Chiffres fournis par l'Insee, et – rendons à César ce qui est à César – je les ai découverts dans l'article de César Quinton – non, pardon, Jean-Pierre Quinton – du *TGV Magazine* qui traînait chez mon dentiste.) Mais peut-être s'agit-il d'une mystification, conclut Quinton. Ajoutant que ce prénom a joui ces dernières années d'une sorte d'engouement. Sans trop qu'on sache pourquoi.

Déclarons donc qu'elle s'appelle Chantal. Ça lui va plutôt bien.

Par moments elle me tape sur les nerfs. Mais les jours où je ne la vois pas sont tristes. Des jours plombés, des jours mornes. Je la guette derrière ma vitre. Dès qu'elle traverse la cour je me sens revigoré. J'oublie mes douleurs de sciatique et mes problèmes de digestion. Je souris béatement. Puis, très vite, elle me fatigue. Elle fait du bruit dans l'escalier.

Chantal.

Elle est blonde, elle a les yeux verts. D'un vert un peu gris comme le jade. Elle travaille pour une entreprise de chimie. Par ma fenêtre je la regarde s'avancer sur le sol mal pavé, clopinant, sûrement en semelles de bois (il paraît que ça redevient à la mode). Chaque matin elle emporte son déjeuner dans une thermos de plastique bleu azur qui le gardera chaud (tiédasse) jusqu'à la mi-journée.

Elle m'a dit qu'elle rédige – de 9 heures à 12 heures, de 13 h 30 à 17 heures – des rapports sur les pesticides. Elle ajoute que ça n'a rien de passionnant.

Et qu'à 17 heures elle sauvegarde imprime et déconnecte.

Son lieu d'exercice est au tournant de la rue, à dix minutes de l'immeuble où nous habitons elle et moi. Elle rentre vers 18 h 40. De 17 h 15 (disons 17 h 30, compte tenu de l'ordinateur à éteindre, du matériel à rassembler, et – suivant la saison – de la fenêtre ou du radiateur à fermer) elle flâne je suppose, jusqu'à 18 h 40. Puis elle se pointe dans la cour. Maintenant que je suis libre de mon temps j'en passe le plus clair à observer les déplacements des locataires. Non. Pas tous. Certains m'indiffèrent. Mais Chantal m'intéresse (et m'agace). Elle a un joli teint, une bouche prête à rire. Sa grâce naturelle me surprend, jamais je n'ai été troublé de la sorte par une femme. Je la guette assidûment. En fin d'après-midi elle parcourt à l'envers le chemin qu'elle a pris le matin.

Le vantail de l'immeuble s'écarte, Chantal s'engouffre dans le couloir serrant sur sa poitrine la thermos en plastique. J'abandonne mon balcon et j'entrebâille ma porte. Un silence. Ses pas atteignent les marches du troisième étage. Je l'entends. Elle fait du bruit dans l'escalier.

Par chance le facteur a déposé chez moi en son absence un colis à son adresse. Ce jour-là j'ai tenu ma porte grande ouverte. Je lui ai remis le paquet, des livres prétendait-elle. On a bavardé. Non, ça ne m'avait pas dérangé. Entre voisins il est normal de se rendre service. L'ai invitée à déjeuner le surlendemain, un dimanche. Maintenant à chaque week-end elle vient chez moi. On se partage des plats tout préparés, je connais un traiteur aux prix raisonnables. Elle demande, Qui vous a donné cette recette de pintade aux morilles ? Elle n'attend pas de réponse elle me parle de ci et de ça, elle me dit qu'elle ira bientôt voir sa meilleure amie à Reims, à Grenoble ou à Saint-Brieuc. Elle me raconte qu'un mec bizarre hier est monté à sa suite. Il s'efforçait de lui vendre une assurance. Elle n'a pas compris contre quoi il voulait l'assurer. Elle le soupçonne de nourrir des intentions douteuses. Elle dit qu'il a tant insisté qu'elle a dû le mettre dehors. Vous m'avez entendue, n'est-ce pas ? J'ai fait du bruit dans l'escalier.

Chantal, elle s'appelle.

Si je n'avais pas de rhumatismes, si je ne souffrais pas d'une sciatique chronique je lui proposerais une promenade dans les bois. Elle me dit, tranquille, qu'elle sort ce soir, un collègue du labo des pesticides, un type un peu bouffi, sans élégance mais très sympa l'a invitée au concert de Tokio Hotel, groupe dans le vent ces derniers mois. Je lève les sourcils. Connais pas. Elle dit, Oh vous n'apprécieriez guère. Ils sont quatre, ils font un énorme bruit.

Chantal et moi voilà qu'on se tutoie. D'abord ça m'a paru insolite, je m'y suis habitué. Nous sommes seuls au troisième étage. Elle s'est imposée dans mon existence après que le troisième gauche est resté deux années sans locataires. Je craignais que s'y loge une famille avec des mômes. Qui joueraient sur le palier, envahiraient le balcon pendant ma sieste en plein air. Me tiendraient au courant de leurs sujets de querelle si je m'arrêtais un instant derrière la mince cloison mitoyenne.

Mais Chantal s'est installée. Elle est discrète. N'est bruyante que dans l'escalier.

Je pense à ce type étrange. Qui s'en est pris à Chantal. Un inconnu. Qui l'a presque injuriée, dit-elle.
Elle a dit aussi qu'il n'était pas mal.
Je l'ai guetté. Il peut remettre ça. J'avais une barre de fer entre les mains. Le montant d'un vieux lit-cage. Je me tenais là, frémissant, courbé (ma sciatique). Et j'ai découvert que celui qui grimpait en écrasant les marches est le coursier apportant à l'écrivain du cinquième les épreuves de ses manuscrits revues par un correcteur. Je ne voulais surtout pas assommer ce brave gars qui trouve que la vie est belle il me l'a dit. Je me suis aplati contre la rampe pour le laisser passer. Il était en blouson de cuir et casqué. Il sifflotait. Me servant de ma barre comme d'une canne je suis retourné chez moi. Il a sifflé plus fort, ça résonnait dans l'escalier.

Chantal rentrait. Elle est venue me dire bonsoir, je lui ai parlé du coursier.

Elle connaissait, il se pointait toutes les semaines. Mardi dernier il avait chaud, elle voulait lui offrir un verre de limonade mais la bouteille était restée trop longtemps hors du réfrigérateur, le contenu devait être imbuvable. Chantal jugeait le coursier assez chouette. Dans son harnachement de motard on ne lui voyait guère que des boursouflures. De cuir noir. Et en dehors des boursouflures un aperçu de peau rougeâtre. Il avait repris son souffle, il continuait vers le cinquième. Ses grolles ébranlaient l'escalier.

Lorsque Chantal a loué le troisième droite je m'attendais à ce que défile toute une galerie de soupirants. Mais personne. Pas de blond au teint frais, de roux plein d'enthousiasme, de tondu juvénile, de grand, de gros, de noir crépu. Un jour pourtant cet homme est apparu – souriant, gentil, très ordinaire – qui travaillait lui aussi au labo des pesticides. Il m'a dit, Votre Chantal et moi on s'entend à merveille.

Quand je lui ai rapporté ses paroles elle m'a répondu, C'est Alan, il te prend pour mon père. Et sûrement j'ai pâli. Une douleur sourde m'a envahi. Mes rhumatismes. Et puis une douleur aiguë dans la poitrine. Infarctus ? Non, quelque chose de plus grave qui risquait d'empoisonner ces années qui me restent à vivre.

Près de Chantal. Au même étage.

Depuis, je l'ai épiée. Chaque jour avant son retour elle pousse la porte de l'institut de beauté juste à côté de notre immeuble. Donc elle fait ce que font les femmes quand elles sont amoureuses, elles renforcent leurs moyens de plaire. Je savais désormais à quoi se passait l'heure qui suivait la sortie du bureau, elle s'attardait dans le *Byoté-belle* du coin où des filles (moches pour la plupart) nourrissent la peau de leurs clientes, vernissent les ongles, injectent du Botox dans les rides. Lorsque je lui ai avoué que du balcon je l'avais vue pénétrer dans le temple d'Hathor elle a dit, Oh j'y vais parfois pour acheter un lait de toilette, un Mixa-soin-des-lèvres. Ou simplement m'asseoir dans la salle de repos et lire les magazines. Tu es pour moi comme un père – elle remettait ça – alors je t'explique, À quoi me serviraient les soins de beauté ? Figure-toi qu'autrefois j'ai eu un accident. Un mec en moto, un mec bardé de cuir comme le coursier mais un vrai sauvage, un mec vrombissant m'a fauchée m'envoyant dinguer contre un mur en béton. Regarde. Elle a dégrafé son blue-jean, s'appuyant à la cloison elle a baissé le Levi's. Sa jambe droite n'était qu'une prothèse.

J'ai dit, Chantal.
Et silencieusement, Ma pauvre petite.

Elle a dit, Ce soir Alan qui est un de mes bons collègues m'a invitée au restaurant. Il remplit l'office de comptable à Handicap International. On va discuter d'un appareillage pour les enfants qui sautent sur les bombes. À plus. Je dois me changer.

J'ai dit, Je te souhaite une excellente soirée. Déjà elle remontait son jean sur sa petite culotte. Je n'ai pas détourné les yeux. J'aurais pu être son père.

J'ai ajouté, Je t'en prie, en rentrant – je dors mal, c'est ma sciatique – essaie de ne pas faire de bruit. Je veux dire — dans l'escalier.

Une voiture blanche

J'avais souvent 20 en dictée. Lia était à côté de moi. Et puis elle est partie.

L'instit' s'étonnait, Yvan, qu'est-ce qui t'arrive ? Tu n'atteins même plus la moyenne.

J'ai baissé la tête et bafouillé que c'était la fatigue. J'avais — mal au cœur, ne pouvais réfléchir. La maîtresse a dit, C'est à cause de Julia ? Non, je n'avouerais pas. Mais j'ai grogné, Ben oui, quoi, ça m'a — L'émotion me nouait la gorge. Je m'en servais. Elle n'a pas insisté.

Hier j'ai eu trente ans. Je n'ai rien oublié. À mon âge on a de l'indulgence pour le môme qu'on a été. Je suis professeur de maths. J'ai toujours aimé les mathématiques. Autrefois je détestais l'orthographe. Pourtant j'avais des sans-faute en dictée (ou presque). Parce que je copiais.

Je copiais sur Lia. Elle s'appelait Julia en vrai. Nous on l'appelait Lia. Pas l'instit'. Lia était une bonne élève. Tout ce qui m'embarrassait elle le savait, *choux genoux bijoux cailloux* — les pluriels irréguliers et l'accord du participe passé employé avec le verbe avoir suivant l'endroit où se trouve le complément d'objet direct. Et si l'accent sur les mots qui ont besoin d'un accent doit être grave aigu ou circonflexe. Même des détails (importants, disait-elle) comme ne jamais aller à la ligne après une apostrophe. Je comprenais les règles. Quand j'entendais le texte, que j'avais à l'écrire, j'étais perdu. Il ne me restait qu'un recours, la fraude.

Lia n'ignorait pas mon manège. Elle ne tentait pas de l'arrêter, elle n'avançait pas le coude, protégeant son cahier, elle ne mettait pas entre nous une frontière, sa trousse ou un livre de bibliothèque. Ça lui était bien égal que je récolte des points immérités. Les notes elle s'en fichait. Nous étions des champions de l'orthographe. Je lui laissais la première place, je faisais exprès, parfois, de ne pas corriger dans ma page une faute que la maîtresse soulignait déclarant, Tu te débrouilles parfaitement avec les conjugaisons, tu n'auras que 16 à cause d'une faiblesse dans ton vocabulaire. J'avais vu sur le cahier de Lia que rhinocéros prenait un *h* entre le *r* et le *i* ou que balise ne doublait pas le *l*. Mais il fallait tricher prudemment, agir avec modération.

Je me sentais redevable envers Lia. Je voulais le lui témoigner. Elle se tenait à l'écart des groupes. À la récré je m'efforçais de l'entraîner dans nos jeux de garçons. Elle évitait la compagnie des filles. Qui piaillaient, disait-elle. Les gars n'avaient pas de temps pour les parlotes. À peine dehors une dizaine d'habitués se transformait en équipes de rugby. On manquait de ballon ovale, on jouait au rugby avec un ballon rond. Je proposais à Lia le rôle de trois-quarts centre. Elle trouvait le jeu trop brutal. Je suggérais,

Tu peux aussi être l'arbitre. Elle refusait, s'asseyait sur le banc, rêvassait. Je m'attribuais un carton rouge et sautillais à côté d'elle. Nous cherchions quoi nous dire et la conversation juste engagée (des considérations sur le gras de la viande servie au déjeuner) un copain me tirait par le bras pour que j'aide en demi-finale à écraser l'adversaire. Ou bien c'était le sifflet d'un surveillant qui commandait le retour dans les classes.

Je ne trichais pas en calcul.

Après la cantine, cette fois-là, elle feuilletait *L'Auto-Journal*. Lia m'avait dit que son cousin travaillait comme mécanicien dans un garage. Pour Pâques il était venu voir la famille, il avait oublié dans la chambre d'amis des revues et des magazines. Elle s'appuyait sur le muret qui séparait la cour du collège de celle du lycée où nous irions bientôt. Elle relevait le nom des voitures présentées au Salon de l'auto. Elle me disait, À la télé j'ai vu une Porsche, ça me plaît. Et toi, qu'est-ce que tu voudrais ? Une Jaguar ? Un coupé-cabriolet ?

Je n'étais pas très intéressé. J'aurais aimé gagner un scooter, le gros lot des machines à sous qui trônait dans une baraque foraine de la ville voisine et que personne bien sûr n'a jamais emporté, il aurait fallu amasser un tas de jetons, au moins cinq mille. Je n'ai obtenu qu'un ours pâlichon, un sucrier en verre rose, un paquet de bonbons acidulés. Le scooter c'était de l'intox encourageant le solide acharnement à recueillir la multitude des jetons dans la coupelle. Avec cinquante mille jetons, cinquante fois une plaquette de mille, on gagnait une auto. Le rêve de Lia n'allait pas si loin. Il lui suffisait de savoir nommer les voitures qui passaient sur la route. De les admirer.

Des voitures, il n'y en avait guère dans les dictées. Une fois pourtant on a dû écrire que le docteur emmenait le malade à l'hôpital allongé sur la banquette arrière de sa Simca. La maîtresse a dit, Ce n'est pas un mot du dictionnaire, je vous le mets au tableau. Lia n'a pas levé la tête. Elle a murmuré, Chacun sait écrire ça, mais s'agirait-il de Land Rover, de Volkswagen, ce serait plus difficile. J'avais toujours cru que les filles s'intéressaient aux bébés ou tricotaient des écharpes à rayures.

Assise auprès de moi sous les marronniers de la cour elle me disait, Joue au ballon si tu t'ennuies. Elle confirmait qu'elle rendrait les catalogues au cousin à sa prochaine visite, elle devait choisir sans attendre. Choisir quoi ? Comment se prononcer déjà pour une de ces caisses ? D'autres modèles seraient assemblés plus tard dans les usines. Dix ans, quinze ans s'écouleraient avant qu'on puisse – elle tout comme moi – en envisager l'achat. Moi d'ailleurs je ne rêvais que d'un scooter. D'occasion. Mes parents n'étaient pas riches. Ils m'avaient appris très tôt à limiter mes désirs.

Opel Astra, Citroën BX, Austin Mini, Ford Escort, Honda Civic, Fiat Panda, Peugeot 206 — elle tournait les pages. Tiens, Mitsubishi s'écrit comme ça ?

Lia était jolie. Elle faisait de moi ce qu'elle voulait. Pas seulement parce qu'elle m'assurait d'excellentes notes en orthographe.

On bavardait tranquilles sur le trajet du retour. Elle habitait près du parc une maison basse entourée d'un jardin et moi dans un grand bâtiment où logeaient plusieurs familles avec des enfants qui fréquentaient notre école. Ils rentraient chez eux en bande. Ils nous appelaient "les amoureux". Ils avaient essayé de prêter l'oreille à nos discours mais s'étaient lassés de nous entendre admirer des carrosseries, décider de l'avantage des freins à disques sur les freins à tambour, vanter les nouvelles positions du levier de changement de vitesse, parler de réglage des amortisseurs. Leurs pères allaient au travail à bicyclette. Les parents de Lia avaient pour les vacances une 4L assez minable, les miens une 2CV pourrie.

À gauche du carrefour s'est ouvert un parking. Longtemps il est resté presque vide. On y voyait quelquefois la camionnette du boucher, la R5 de la Poste lorsque le facteur montait le sentier qui conduisait aux hameaux isolés, une ou deux voitures d'inconnus qui pêchaient dans la rivière.

Lia comptait bien que le parking finirait par se remplir de véhicules de toutes marques.

J'ai eu la fièvre. Pendant deux semaines j'ai manqué l'école. Un mauvais coup de froid. Lia fermement a refusé que Bernard le grand dadais, ou Quentin le petit futé, ou Serge qui courait si vite profitent de mon absence pour s'installer auprès d'elle. Lia m'a dit qu'elle s'est fâchée, Maîtresse, ces garçons veulent prendre la place d'Yvan, ça ferait comme s'il était mort de la grippe. La maîtresse a protesté, On ne meurt pas d'un gros rhume.

Lorsque j'ai repris les cours Lia m'a accueilli avec joie. Il y a eu la dictée quotidienne. J'ai copié.

À quatre heures Lia m'a confié, Ce parking, en haut de la côte avant l'église, maintenant il est souvent complet, j'y passe tous les jours, je regarde je m'informe. Je connais les noms de chaque bagnole et leurs caractéristiques. Tout à l'heure on s'y arrêtera.

J'ai dit, Écoute, demain j'irai avec toi. Mais pas ce soir, déjà que ma mère voulait que j'attende de ne plus tousser pour revenir en classe. Je rentre tout droit.

J'ai quitté Lia comme on arrivait au carrefour, elle avait sur le dos son sac bourré de livres. Elle l'a ôté pour être plus à l'aise. On a retrouvé le sac près de la barrière du parking.

La vie du village a été bouleversée. La brigade criminelle s'est mise en chasse. Ils ont interrogé, enquêté, j'ai dit que j'avais laissé Lia traîner seule au parking après l'école à cause du froid, le vent était glacé. Quelqu'un a parlé d'une fillette qui montait dans une voiture blanche. Des barrages ont été établis.

Voilà vingt ans que je la cherche.

Sa mère a donné des photos qui ont été agrandies en affiches. Ses parents ont vainement espéré son retour. Il y a dans le dossier de la gendarmerie sur un papier jauni une demande de rançon que le père a payée contre l'avis de la police. Le cousin, des années plus tard, m'a parlé de la famille. Les parents ne possédaient pas la somme exigée, ils ont emprunté à la banque. Puis ils ont dû vendre leurs biens, leur maison et leur voiture aussi. Ils sont partis je ne sais où.

Sur le message on peut lire *papa maman fau dépozé* — L'écriture est hésitante, lettres mal formées, mots tout de travers.

Si Lia l'avait rédigé elle n'aurait pas fait en quelques lignes, même dans la pire des terreurs, une dizaine de fautes d'orthographe.

La vie, quoi

Ils se parlent. Ils vont s'aimer. C'est le printemps. Ils se chamaillent. En amoureux. Oh faut toujours que. Et toi c'est la même chose. Tu exagères. Tu racontes des histoires.

Elle a dans la bouche un gros caramel. Demi-dur. Marque Quality Street. Alors ça fait, Et doi z'est la même jose.

Ils vont s'aimer. Sourires. Douceur. Elle tend la main, elle effleure et caresse. Elle invente des prétextes, Laisse-moi ôter cette trace de crème à raser sur ta joue. Tiens, tu as dans le cou un truc qui ressemble à une aile de papillon / un flocon de laine arraché à ton pull / une petite feuille de saule. Il se tait. Longtemps. Elle s'impatiente. Qu'ai-je encore dit qui t'agace ? Il s'émerveille, Quand tu te mets en colère je t'adore.

Ils cherchent un appartement. Trois pièces-cuisine-bains, elle désire que la chambre s'ouvre à l'est. Elle exige une cuisine spacieuse. L'assurance que les voisins ne sont pas des mélomanes. N'ont pas de chien qui resterait toute la journée enfermé hurlant sa solitude pendant que ses maîtres vont au travail. Elle souhaiterait, dit-elle, habiter à proximité d'un square ou d'un parc. Le rêve serait une maison avec un jardin privé. Ils lisent les annonces immobilières, ils notent, fixent un rendez-vous, visitent. Parfois elle est d'humeur bucolique, Si on allait vivre à la campagne ? Lui craint par-dessus tout, dit-il, les longs trajets entre leur gîte et son bureau, Je voudrais rentrer déjeuner avec toi.

Ils ont trouvé. En très proche banlieue un petit pavillon avec pelouse et massifs, quelle chance. Un arbre. Le logis comprend un salon et deux chambres, l'une ouvrant à l'est. Elle bat des mains, l'embrasse. Ils s'aiment, ils se le disent chaque jour et plusieurs fois par jour. La maison sera confortable. Elle y veillera. Des meubles simples et pratiques. Elle projette de recevoir des invités. Bon, de temps à autre. Mariette et Jo, ton copain et sa nouvelle femme, la quatrième. Puisqu'on a une chambre d'amis.

Jardin. Fraises écrasées. Le gosse du voisin a sauté la haie. Sans souci des rosiers. Il s'est égratigné. S'est étalé dans les fraises. Riait, Oh excusez-moi. Se léchait, se plaignait, Y a de la terre avec. Riait encore, Hé, j'ai fait une de ces confitures —

Ils s'aiment. Le dimanche ils vont au restaurant. Boivent une bonne bouteille. Lui seul commande un dessert après une entrée et un plat du jour.

Il prend un peu d'embonpoint. Elle dit, Ça ne te va pas mal.

Elle traîne dans la maison en jean délavé, pull trop large, les mailles s'effilent au poignet. Elle dit, Un genre.

Lui (tendrement moqueur), Un genre débraillé.

Elle laisse sur la table du salon un programme d'exercices physiques pour homme qui veut ignorer le tableau des calories.

Ils s'aiment. Elle lui prodigue des conseils, Tu devrais – c'est pour ton bien – ne pas apporter tes dossiers à la maison / te renseigner chez ton coiffeur sur les implants capillaires / cesser de gratter cet hygroma. Mais tu es libre, ce ne sont que d'affectueux avis.

Elle glisse à sa meilleure amie (ce n'est qu'un jeu) qu'il est parfois insupportable. Il avoue à son cousin germain que souvent elle l'indispose. L'un et l'autre concluent leurs confidences en assurant que non vraiment ça ne les empêche pas de s'aimer. Vient un moment où soudain, après une période d'euphorie, se révèle dans le conjoint (la conjointe) quelque chose de fâcheux. Elle lui reproche cette habitude de se moucher trop bruyamment. Lui c'est le soupir qu'elle émet quand il regarde à la télé un de ses programmes favoris tout en signalant qu'elle n'a pas ouvert la bouche durant le cours de *Ripostes*. Bien qu'en écoutant – ajoute-t-elle – les âneries que profèrent les gens sur le plateau elle ait eu souvent l'envie de riposter.

Chaque jour elle compose des menus variés, très sains. Elle a des livres de cuisine, elle y pioche des recettes. Elle dit, Oh c'est pour toi. Moi je me contenterais d'un sandwich. Il dévore son repas à la hâte et retourne au travail laissant la table en champ de bataille, la cuisine en chantier.

Elle dit qu'elle avait pensé que le mariage ce serait super. Elle n'a pas compté avec les corvées, les courses, les chaussettes trouées, les, Tu n'as pas vu ma chemise à rayures ? les, Crois-tu encore aux crèmes antirides ? les, Pourquoi toujours chercher à me contrarier ? les, Tu as maigri, tes seins vont pendre, les, Ah je n'avais pas remarqué cette robe très fashion, certes le rouge rajeunit. Ce n'est pas rouge mais framboise. Du shantung.

Tomates. Luisantes. Qu'on cueille au jardin. Se mangent crues. En salade. Ou servent à élaborer une sauce. Pour relever la pâleur des tortis farfalles nouilles macaronis girandoles cheveux d'ange, stimuler l'appétit. Ou en potage carmin. Avec piments. Un gaspacho.

Il rentre très las de l'entreprise qu'il a montée dernièrement. Elle se plaint d'être seule, leurs amis s'éloignent. Mariette et Jo ont un bébé, deux bébés. Tu en voudrais ? dit-il. Quoi ? Un môme. Elle répond que ça donne du souci.

Un enfant ? Au lit il est fatigué, et même plus, dit-il, épuisé. Pas étonnant qu'il ait des pannes. Ou bien elle a ses règles. Traces de sang, tampax oubliés sur le bord du lavabo. Il grimace il dit, Ce sera pour demain. On peut se câliner, dit-elle. Il s'endort pendant qu'elle baisse les volets, se déshabille. Elle ne proteste pas, elle a sommeil.

Ils décident d'aller en vacances. Oh oui, nous en avons besoin. Ils ont choisi sur Internet une adresse de chambres d'hôtes. Madame les accueille, aimable, leur vante le calme du pays. Vous verrez que s'apaisent ici les petits ennuis, les moindres troubles de la vie conjugale fondent comme neige au soleil. Quand on s'éveille au chant des tourterelles et — Mais je bavarde. Pour vous la vie commune est sans accroc, n'est-ce pas. Pour mon époux et moi, ajoute Madame d'un ton acide, après quarante ans de mariage quelquefois ça se déchire.

Il dit, Cette bonne femme et ce type. Un couple usé. Grimace. Moue de dégoût. Tu les as vus ? Elle dit, Comment ont-ils pu passer toutes ces années côte à côte. Ou face à face. Elle ricane. Nous au moins on tire les choses au clair. Toi, dit-il, commence. Eh bien, je supporte mal que tu ronfles chaque nuit. Tu ne l'as jamais mentionné. Autrefois ça t'arrivait quand on n'avait pas fait l'amour. Et maintenant ? Maintenant — on ne fait plus l'amour.

Il dit, Tu exagères. Elle dit, J'ai noté sur mon agenda. Les coïts. Regarde à présent toutes ces pages blanches.

Cerises. Du jardin. Rafraîchissantes. Ne pas avaler le noyau. Mais non, il ne te pousserait pas un cerisier dans l'estomac. Les histoires de ta tante Léontine. Toutefois tu risquerais une gastro. On a dit ça au fils de la femme de ménage qui se bourre de fruits à la poignée, on l'avait engagé pour emplir un cageot. On lui a déclaré, Tu mangeras ce que tu voudras. Il en profite, un vrai goinfre. Le jus coule sur son tee-shirt. Sa mère a haussé les épaules, a dit, Avec Woolite-couleurs le lavage est sans problème.

Ils s'efforcent de retrouver l'extase. Lui pesant sur elle de son corps bien nourri. Elle geint. Tu ne crois pas qu'on devrait – elle suffoque – vivre un moment en frère et sœur ? Ce serait reposant. Un matin sans tourterelles (parfois, dit Madame, elles boudent et se taisent) ils en ont eu assez, Rentrons à la maison.

Lui, en charentaises, parcourt le journal. Elle épluche les poireaux pour le dîner. Se plaint, Je n'en finis pas de préparer ta bouffe. La tienne aussi, dit-il.

Elle a fait la vaisselle, lui l'a essuyée mais sans la ranger, Tu changes toujours de place les bols et les assiettes, un peu de méthode simplifierait la tâche.

Au week-end, chacun dans leur fauteuil du salon ils lisent. Lui, un policier, elle, un roman d'amour. Elle cite à haute voix un passage. Ça parle de pénétration, d'une rosée qui se répand sur les cuisses de la femme désirante. Niaiseries, dit-il.

Et tes histoires de meurtre, dit-elle. Le détective inspiré qui débrouille tous les problèmes. Tu crois que ça a plus de sens ? Tu ne pourrais pas de temps à autre t'intéresser à l'entretien de la maison, les peintures qui jaunissent, l'évier qui gargouille, le four qui — et puis tailler la haie, arroser nos plantations, protéger mes récoltes au lieu de te complaire à résoudre des crimes ? Ça serait pour toi profitable d'être au grand air après la contrainte du bureau. Un de ces jours je vais t'offrir le manuel du parfait jardinier.

Groseilles trop mûres. Éclatent. En extraire un jus ? Trop tard. S'égrainent sur le sol. Homme qui foule aux pieds (c'est par mégarde). Femme qui tente de réparer le dommage, ramasse, examine. Ça saigne sur les mains. À jeter au compost. Comme les roses fanées.

Je suis enfin un patron. N'a pas été sans peine. Sûrement pas un jardinier. J'ai tant travaillé pour en arriver là. Et tu te plains. La colère l'étouffe il fulmine. Il sort, gagne la cabane aux outils. Actionne le verrou, s'enferme. Elle l'a suivi. Elle tambourine contre la porte. Tout bas il dit qu'il va la tuer.

La tronçonneuse est sous l'étagère. Non. Il choisit le sécateur. Il l'enfoncera dans le cou délicat, lui sectionnera l'artère. Il l'entend qui s'éloigne. L'arme à la main, il court, l'attrape, du bras gauche la renverse, le bras droit brandit le ciseau. Tranche dans le vif.

Flots de sang. Elle agonise. Il l'enterrera dans le jardin. Creusera la tombe au crépuscule. Fraises tomates cerises groseilles perdront leur couleur. Deux visages grisâtres, celui de la morte, celui de l'assassin.

Son bras retombe. Il marmonne, Cessons de fantasmer.

Le sécateur : idéal pour couper un bouquet. Les roses rouges de la haie. Une épine, il se blesse. Simple goutte de sang qu'il aspire des lèvres. Il marche vers la maison, il entre. Le bouquet est superbe.

Tiens, c'est pour toi.

Elle sourit.

On n'est pas des sauvages

Mes enfants poil-aux-dents
Respectez poil-au-nez
La vieillesse

Poil aux dents faut pas charrier qu'il disait mon petit frère. Si y a un endroit où personne a du poil c'est bien là. Il est comme ça, plutôt futé, un peu moins à présent qu'il est grand, un ado. En ce temps ça valait de le voir et l'entendre. Je le voyais pas tellement parce que c'était aussi le temps où on m'avait bouclé dans cette boîte puante pour que j'y prenne le goût de l'instruction, l'année où les copains avaient imaginé qu'un jour le proviseur allait dire, Mes enfants —

Comment il s'appelait, ce mec ? Pas le provo, lui son nom on s'en branle, mais ce gars qui pouvait pas s'empêcher de foutre partout le bordel. Ouais, Triton je crois. C'est Triton qui avait commencé. Un dingue de la bagarre. Prétendant que les trop cool présentent un danger dans l'évolution des espèces pour la raison qu'ils refusent chez l'homme les tendances agressives indispensables à sa survie et cetera gros baratin, facho

47

sur les bords le zig. Quinze ans qu'il avait à l'époque. Maintenant il fait Sciences-Po.

Donc, qu'il disait, Pourquoi ça nous arriverait pas que le vieux nous serve tout chaud un discours grave, quelque chose comme, Mes enfants nous venons d'être informés par radio que mille gars armés jusqu'aux dents – Poil-aux-dents mes enfants chantonnait mon petit frère – vont attaquer le bahut, disons des anciens élèves en commandos de représailles. Mais les punitions et les colles sont pour le bien des enseignés (je cite). Puis le chef ajouterait, la voix rauque, Vous avez mon entière confiance, combattez, combattez comme des lions et sauvez ce haut lieu du Savoir que les barbares mettent en péril.

Triton avait lancé l'affaire. Et nous déjà on discutait sévère après la cantine du mardi – au menu du poulet bouilli – nous c't-à-dire moi et les autres, déambulant dans le couloir vers le CDI pour la perm. On en avait oublié de laisser nos portions sur le plat de service cause de la façon dégueulasse dont ils élevaient les volailles dans les fermes industrielles, le scoop à la télé. Remarquez, il disait, Triton – avec toujours des opinions personnelles et péremptoires – que c'était le dernier outrage pour les malheureux volatiles de pas seulement être mangés après en avoir tant bavé, destin des poulets en batterie de finir dans l'assiette. Il extrapolait sur les vocations diverses des créatures, établissant des barèmes distinguant des catégories jusqu'aux mecs vraiment géniaux qu'existaient pour tirer profit de la connerie des minables conçus afin qu'on les dévore, un facho je vous dis, le bonhomme. Après Sciences-Po il vise l'ENA.

Nous d'abord on restait calmos, l'estomac englué de sauce à la farine, remuant des idées pas gaies vu que le mardi après-midi on se payait d'affilée deux heures de maths et puis deux heures d'allemand, même qu'on trouvait que si nos pères/grands-pères avaient aplati les Chleuhs un peu plus définitivement la dernière fois ou celle d'avant on apprendrait l'esperanto au lieu de s'embrouiller dans les déclinaisons qu'on se farcit déjà en latin. Bon, les regrets ça sert à rien. Triton, lui, tout à son projet se redressait, pris d'une agitation quasi pathologique, sautillant jusqu'à la salle de perm, narguant le surveillant râleur et chevelu qui le menaçait d'un verbe. Ce mec je le jugeais has been alors qu'il avait guère plus que mon âge d'à présent c't-à-dire qu'il était encore relativement frais, à peu près intact. Donc on s'est installés, moi et Triton côte à côte, mais pas pressés de s'enliser dans les équations du devoir de maths on se refilait des plans de bataille avec des croix qui étaient l'ennemi, ça grouillait plein les couloirs et nos troupes au bic rouge savamment disposées pour massacrer l'attaquant s'embusquaient derrière les sacs et les fringues.

Les copains aux alentours – à part les cracks batifolant avec x et y – s'étaient mis à tchatcher rapide, à nous donner des conseils. Quand ça a sonné pour les cours on avait établi un système de défense. Les tables et les armoires s'entasseraient en barricades. Triton vantait les vertus de l'arme naturelle c't-à-dire des choses ordinaires qu'on ramasse sur le terrain – du bio en quelque sorte – il parlait d'ébouillanter les assaillants avec la graisse des frites de la cantine, de les gaver d'un mélange bien dosé des ingrédients du labo, tout ça très do it yourself, formule outre-Channel, disons plutôt du cousu main pour pas contrarier nos académiciens dont la vieillesse poil-aux-fesses est à respecter poil-au-nez.

A fallu se taper encore les logarithmes en première heure et après la sonnerie les exercices d'application. Entre-temps Triton faisait passer un mot d'ordre de réunion exceptionnelle à la récré sur l'esplanade devant le gymnase, la cour d'honneur c'est le nom, ça vous a un petit air royal. Là le groupe d'études stratégiques s'est grossi de nouvelles recrues, du baraqué, les gars sélectionnés pour l'équipe de foot des championnats scolaires, adeptes habituels de la bande à part, des dieux du stade ils se croyaient. Triton, cette crevette, dirigeait les débats. Les camarades pas encore affranchis s'amenaient brusquement, Qu'est-ce que vous fabriquez ? On expliquait, Suppose que le surgé nous prévienne — Mille enragés attaqueraient la boîte. En moins que rien c'est devenu, Sûr qu'on va être attaqués ça traînera pas, deux mille démons cagoulés, faut qu'on se prépare à les recevoir en beauté.

On se préparait. On s'échangeait des coups d'œil complices en traduisant page 27 *Endlich kam der große Tag.* On s'envoyait des papiers impossibles à décoder. En français on s'en fichait qu'il ait du cœur le rejeton à Don Diègue, nous plutôt fils de James Bond, imaginant comment abattre dix assaillants d'un seul élan par clefs de jambes. L'enthousiasme du Triton lui valait un verbe de plus, un verbe au choix, preuve éclatante du libéralisme de nos éducateurs. Triton se décidait pour *vaincre,* troisième groupe, pas commode, exaltant.

Le vendredi après-midi juste avant la sonnerie y a eu l'annonce : les cours sautaient bicause les profs s'assemblaient pour le conseil de classe. Les surveillants avaient commencé un poker, ils voulaient qu'on leur foute la paix, qu'on joue au ballon en douceur ou mieux qu'on révise l'interro de chimie. On était bien trop occupés à fignoler nos plans pour s'intéresser en plus à la réaction de l'oxygène mis en présence de l'hydrogène, d'ailleurs y avait qu'à les garder séparés. Ça m'a toujours fait marrer cet empressement débile à mélanger des trucs pour voir ce qui se produit. Moi j'ai pas l'esprit curieux, si je me suis inscrit au concours des Postes c'est pour m'assurer un job peinard et sans surprise. Donc aux chiottes la chimie, on entassait les munitions on rassemblait les crayons-règles-pierres-frondes-dictionnaires-billes de verre-couteaux de poche-bouteilles, chacun a pris le guet derrière les portes et sous les fenêtres de la cour. On a surveillé le terrain à travers les meurtrières.

À droite à gauche, d'abord on ne voyait rien que la brume sur le plateau où le lycée a été bâti en vitesse dans les temps anciens quand les gosses grouillaient tellement qu'on savait plus où les mettre. Entre deux tampons de coton sale sont apparues les couleurs de l'amicale sportive flottant au mât du gymnase. Super d'avoir un drapeau à défendre. On a beau dire que c'est du flan pour blouser les pauvres types, le tricolore au bout d'un bâton ça vous remue. Les yeux clignotants, fatigués de fixer l'horizon immobile on a quand même repéré quelque chose qui se bricolait là-bas dans un coin vers la grille d'entrée. C'était comme un mouvement lointain accompagné d'une rumeur inquiétante, des taches sombres dans le brouillard. Le Triton s'est élancé. Debout bras levés sur le seuil de la porte il paraissait plus grand que d'ordinaire. Il criait, Voilà l'ennemi. Regardez cette bande d'abrutis qui veulent attaquer notre école quand nos maîtres vénérables sont occupés à méditer. Il forçait, il en rajoutait, la foi des disciples le sacrifice joyeux, on n'aurait jamais deviné qu'il était nul en expression écrite. Et après ça il a beuglé, *Aux armes citoyens* et, Allons-y les gars. Le premier il a lancé un silex préhistorique fauché en sciences de la vie.

On a tenu la position dans le couloir qui borde la cour. Embusqués derrière les chariots du nettoyage on visait les assaillants. Un lynchage maison. Nous on avait en ce jour comme un devoir, un idéal. On pouvait pas courir le risque de laisser les barbares prendre d'assaut les escaliers, envahir les salles de cours, coincer des bombes dans les tiroirs, taguer les murs, cracher par terre.

On leur a jeté à la tête tout ce qui nous tombait sous la main, même un buste en bronze doré arraché à sa niche dans le hall. Pas Marianne. Peut-être Cicéron. Les bics filaient comme des flèches. Le Triton donnait à lui seul un concert avec des cris de guerre féroces qui lui jaillissaient des entrailles. Une chance que les professeurs s'employaient à nous débiner, à inventer des sanctions au cas où on se permettrait de leur répondre avec insolence en supposant qu'on leur dirait, Faites pas chier, oh shut up, ce genre de déclarations qui menacent l'ordre établi. Nous on s'en balançait des profs en cet instant-là qu'était comme un vrai trip, d'autant plus exaltant qu'on aurait dû se pointer au labo pour récolter H_2O c't-à-dire rien que de la flotte.

Quand même, c'était une rude bataille. Au bout d'un moment chacun s'est senti fatigué, les copains l'un après l'autre s'asseyaient sur les bancs, haletant, suffoquant, se frottant la figure en soupirant qu'on avait gagné, les joues cramoisies la gorge enrouée et leur chant de victoire n'était plus qu'un hoquet d'asthmatique.

Moi je me suis abattu sous les portemanteaux, ivre de joie et de haine, recroquevillé, le front sur le cahier d'appel qu'était là par accident. J'ai dû dormir une minute. Lorsque je me suis réveillé j'ai bondi vers la fenêtre, crainte d'avoir manqué l'apothéose du carnage, l'ennemi ramassant ses morts et sous le préau les blessés pâles de soif rampant vers les robinets.

Dans la cour pleine de débris de verre, de pierres, de livres éventrés j'ai vu un corps, oui parole. Un seul et c'était celui du concierge, le boiteux, drôlement tordu et la tronche de travers gueule ouverte. Ce type planqué pour sa retraite dans les locaux de l'école, nourri-logé, au rancart, bien pépère, ce jour-là, y a un siècle, il avait eu la guigne. Le lendemain on a lu partout dans les journaux qu'il était vieux, comme si ça rendait la chose encore pire alors qu'à présent il serait mort ou presque. Mais voilà, toujours le même refrain faut respecter poil-au-nez la vieillesse. Sans doute ce que je dirai à mes mômes, si j'en ai plus tard, pourquoi pas, quoique à voir mon petit frère qui maintenant va sur ses quinze ans je m'avise qu'elle dure pas longtemps la charmante innocence des enfants poil-aux-dents. Pourtant à l'époque – bon Dieu c'est tellement loin – dans le 20 heures à la télé ils ont dit fermement qu'on n'était pas des monstres.

Mercredi des Cendres

Devant le mur, dans le refend bien éclairé entre la fenêtre et la porte qui n'est qu'un rectangle étroit recouvert de papier peint à fleurs (sans doute en restait-il une hauteur prête à l'emploi quand on a tapissé les chambres et le couloir), devant ce panneau modeste sont exposées les cartes postales sur un éventaire de fil plastifié barré d'une bande où est écrit en rouge, IRIS-MEXICHROME 416. Ce sont des cartes géantes, des photos en couleurs bordées d'un liseré blanc. Le support est retenu contre le mur par des vis.

Première photo

Une paysanne coiffée d'un foulard, agenouillée dans l'herbe de la pâture et penchée vers deux agneaux.

La même paysanne, à quelques détails près – le brun foncé de la vareuse de laine, la ganse qui ferme le corsage – est assise à une table du café. Sa main, d'un geste qui tremble, saisit le petit verre bien rempli, la vieille boit la liqueur sombre avec un bruit de succion, repose le verre sur la table. Du pouce elle essuie les coins de sa bouche, sa main demeure un instant immobile les doigts joints à hauteur des lèvres. Derrière elle le plâtre de la cloison est coupé d'une longue fissure.

Toile   s

Au mur face à la porte sur laquelle est fixée une plaque aux lettres bleues (les sixième, septième et huitième disparues avec l'émail) il y a un portemanteau taillé dans un bois médiocre qu'on a voulu rendre semblable à une racine noueuse, aménageant des creux et bosses, l'enduisant d'une teinture bon marché qui jaunit. À l'une des patères est accroché un béret de drap noir, à l'autre une casquette de lainage écossais aux oreillettes relevées et attachées ensemble par un lacet de cuir.

La porte avec l'inscription *Toile   s* ouvre en fait sur l'escalier, les w.-c. sont à l'étage. Le café tient lieu d'hôtel des voyageurs pour les usagers du car qui descend vers la ville durant la belle saison et se range au bas du perron – le signal *Autobus-arrêt* est planté près des buis juste avant l'épicerie voisine. À l'entrée du couloir, en haut du tableau de contreplaqué où sont alignés des crochets pour les clés une affiche est appliquée.

LES AUBERGISTES ET TENANCIERS D'HÔTELS, MAISONS MEUBLÉES ET GARNIS SE DOIVENT DE COMMUNIQUER TOUS LES JOURS AVANT 7 HEURES

Dans les chambres, dit la serveuse, il n'y a que des lavabos équipés d'un robinet d'eau froide. Elle monte un à un des cruchons fumants qu'elle dépose sur le palier. Elle confie au vieux appuyé au comptoir que le couple du 3 a cassé le cruchon ce matin, l'eau répandue s'est infiltrée dans les rainures du parquet, Oh maintenant tout est en ordre c'était à l'heure du petit déjeuner. Elle a épongé sans attendre, on voit encore au plafond des traces humides, elle dit que ça restera taché.

Bar

Le comptoir occupe presque tout un côté de la salle, ne laissant que la place pour une table et deux chaises face à face, entre le percolateur et le mur aveugle du fond. Contre le mur est assise une jeune femme aux longs cheveux, au visage mince, de teint pâle quoique rose aux pommettes. Son regard est doux sous la frange épaisse couvrant son front jusqu'aux sourcils. La serveuse et le barman évoluent avec quelque peine dans l'étroite allée entre le comptoir et la cloison. Un grand miroir au cadre doré orne le panneau central du mur opposé à la façade vitrée. En travers, deux mots écrits à la craie, agrémentés d'un paraphe – *Joyeuses Fêtes* – Cela date du dernier Noël ou annonce les prochaines Pâques (mais le carême commence à peine).

La jeune femme a écouté la serveuse raconter l'incident du cruchon brisé, de l'eau répandue, elle tourne la tête, elle dit, Je paierai. La serveuse ne répond pas. Elle verse une poudre blanche pointillée de bleu sur une éponge, en frotte le comptoir d'un geste vigoureux. L'étiquette de la boîte cylindrique mentionne qu'il s'agit d'un produit Assainissant Désinfectant Mentholé, aux Tensio-Actifs. Rien de mieux pour le nettoyage, dit la serveuse rinçant l'éponge, ajoutant que néanmoins c'est toujours à recommencer. Le barman grogne des mots indistincts et de son bras tendu protège sur le comptoir les bouteilles menacées.

La femme âgée avale une gorgée d'Izarra. Le préposé au comptoir déplore que le vin du pays se vende moins bien que la bière venant d'on ne sait où, là-bas, fabriquée on ne sait comment et qui peut – dit-on – provoquer des ulcères.

Deuxième photo

à droite, contre le mur, format 25 × 21. *Maxi-carte postale*. C'est un bouquet de passiflores photographié de très près – et sans doute un banc à soufflet a-t-il été intercalé entre le boîtier et l'objectif. La couleur des fleurs ne semble guère naturelle, le pourpre vire à l'orange au bord des pétales. La photo a été déjà manipulée avec désinvolture si on en juge par son aspect défraîchi et sa position de biais sur le support. La jeune femme traverse la salle, s'arrête devant l'éventaire, redresse la carte fripée, puis, un bras replié sur la poitrine, elle saisit une mèche de ses cheveux qu'elle tord d'un geste machinal, la tête légèrement penchée vers l'épaule.

Conversation

de la serveuse avec celui qui lave les verres – ridé, blanc de poil, il écoute plus qu'il ne cause, ses propos sont rares et syncopés. La serveuse a fini l'astiquage du comptoir et chuchote qu'à 10 heures du matin le client du 3, compagnon de la jeune femme blonde, n'est pas encore levé. Cette nuit elle et lui ont discuté, se sont agités, des choses qu'ils remuent, déplaçant la commode glissant un paquet sous le lit. Hier la femme a dit, Non laissez, quand le moment est venu de passer l'aspirateur.

C'était un cruchon neuf.

Les soupirs de la vieille s'amplifient, on entend, *Gracia plena*, et sa voix devient aiguë, Mais ils disent qu'ils vont payer. La vieille ajoute bizarrement, Ah quel malheur ah misère, et lève le verre jusqu'à sa bouche.

Puis un homme ouvre la porte où s'inscrit le mot Toilettes amputé d'une syllabe. Il s'y prend à deux fois pour refermer la porte (le pêne frotte contre la gâche, on doit tirer et soulever en synchronisant les gestes). L'homme a environ trente ans, il est de taille moyenne, brun de peau et barbu, vêtu d'un blue-jean et d'un pull-over gris, chaussé d'espadrilles. Il se dirige sans bruit vers la femme qui regarde les cartes postales et lit à mi-voix, Passiflores, de passio et flor oris, disemma murucujà appelées aussi grenadilles, continuant sur le même ton, La rue est tranquille on pourrait — La fin de la phrase est presque inaudible. L'homme maintenant parle à voix basse et entourant de son bras les épaules de sa compagne la ramène vers la petite table coincée entre le mur et le perco. Il commande des cafés au barman.

La vieille continue son mouvement des lèvres. Ne reste de la liqueur qu'une goutte verte que double de volume le fond épais du verre.

INDIQUANT
LEUR ÂGE LE LIEU DE LEUR NAISSANCE LEUR PROFESSION AINSI QUE L'ENDROIT OÙ ELLES VONT ET CELUI D'OÙ ELLES VIENNENT.

Troisième photo

Même format que les deux autres mais l'image est en noir et blanc et paraît plutôt insolite sur l'éventaire. Paysage de haute montagne, en hiver. Ligne impressionnante des pics tranchée à droite par une faille. Devant la barrière rocheuse le plateau est couvert de neige. À l'oblique, des traces de pas dirigés vers le col. Les empreintes, celles d'un marcheur solitaire, larges et profondes au premier plan, deviennent dans l'éloignement des taches à peine visibles. Le choix d'un papier tendre et mat, l'emploi d'un filtre puissant ont atténué le contraste entre la lumière et les ombres. Le marcheur a atteint la brèche au milieu de la paroi et domine un autre désert.

La serveuse a conseillé au vieux d'aller faire sa promenade quotidienne jusqu'au bureau de tabac, Bientôt ce sera l'heure de l'apéritif, profitez de ce moment paisible, dit-elle. Le vieillard contourne les tables, prend sa casquette à oreillettes puis il revient vers le bar, pose la casquette sur le comptoir, non il ne sortira pas, il est las, ses genoux sont raides. À la patère est encore accroché le béret de drap noir. L'homme barbu et la jeune femme se lèvent, s'avancent vers la porte (*Toile s*) donnant sur l'escalier.

LE TEXTE DU PRÉSENT ARRÊTÉ DEVRA ÊTRE AFFICHÉ EN PERMANENCE DANS TOUS LES HÔTELS, AUBERGES, GARNIS ET MAISONS MEUBLÉES, SUR LE MUR DU LOCAL AFFECTÉ À LA RÉCEPTION DES VOYAGEURS

On entend rouler la voiture. On la devine qui se gare le long du trottoir. Le couple du 3 est toujours dans la salle, regardant vers la rue. La vieille serre étroitement sa vareuse brune sur sa poitrine. La serveuse consulte les pages du journal.

À travers la vitre on peut voir les formes massives qui sortent de la fourgonnette et l'éclat intermittent du gyrophare. De gros souliers claquent sur les marches. *Nunc et in hora mortis nostrae amen*, la vieille arrête sa litanie et demande, Qu'est-ce qu'il y a qu'est-ce que. La jeune femme au fond de la salle se tourne vers l'homme barbu qui se tient devant le miroir où est écrit *Joyeuses Fêtes*.

La porte de la rue est poussée brusquement. La femme tend la main vers l'épaule de l'homme, effleure le chandail. Il semble que tout bruit a cessé, le martèlement des pas, le chuintement mou de la bouche édentée. La serveuse a relevé la tête. Puis la femme dit, Mon amour.

SOUS PEINE DE SANC-TIONS PRÉVUES PAR LA LOI QUI PAREILLEMENT S'APPLIQUENT À TOUTE INTERVENTION POUVANT ENTRAVER L'ACTION DE LA POLICE.

Uniformes et képis. La jeune femme recule vers le mur, heurte de l'épaule le miroir qui tombe, se fend sur le carrelage. Le vieux a coiffé sa casquette, il a baissé les oreillettes. La serveuse dit, Rien d'étonnant, avec ces gens-là on n'a que des ennuis. La vieille gémit, Sept ans de malheur. La femme dit encore, Je t'aime, cependant que l'homme, dos au mur, enfonce la main dans sa poche.

Tais-toi

Elle a peur.

C'est bien fait. Maintenant elle me harcèle, Parle mon chéri, je t'en prie.

Hier encore elle disait, Tais-toi.

Dès que mon père l'a épousée, il y a huit ans, quelques mois après l'accident qui m'a privé de ma mère, elle n'a cessé de me prêcher la vertu du silence, suivant en cela mon père qui, depuis mon plus jeune âge, ne m'adresse la parole que pour me commander, Tais-toi.

Déjà, lorsque j'étais môme, ça m'agaçait ça m'humiliait. À mes dix-sept ans, au printemps dernier, j'ai cru que les adultes enfin me reconnaîtraient le droit de m'exprimer librement. Si près de la majorité on doit pouvoir exposer à sa famille son propre point de vue sur la vie, les tendances érotiques de l'époque, les problèmes moraux que poseront les voyages interplanétaires, les erreurs de placement de l'arrière gauche en demi-finale qui rendent improbable sa sélection pour la finale. Mon père m'a dit, méprisant, À ton âge on a toujours des opinions irréfléchies.

Il est mort hier. Elle pleure. Elle a vécu pendant huit ans avec cet homme qu'elle vénérait. Elle a été heureuse. Sûrement. Lorsqu'elle déclarait, *Il a dit* — on aurait cru qu'elle rapportait les paroles d'un roi, d'un dieu. Elle n'était pour lui à mes dépens qu'adoration, Ne parle pas, tu fatigues ton père.

Lui faisait beaucoup de bruit. Sans répit tapant sur son piano. C'était encore communiquer, peut-être. Il ne se souciait pas de savoir si j'en souffrais. Les auditeurs occasionnels trouvaient ça très beau. Mais il n'en tirait aucun revenu. N'a jamais été sollicité pour un concert. Nous vivions des subsides de cette femme toute dévouée à son grand homme.

Elle l'écoutait jouer avec extase. Moi il me donnait la migraine. Même une fois le piano refermé il ne supportait guère de m'entendre. Que lui dire d'ailleurs ? Les bravos auraient sonné faux. Je n'ai pas toujours détesté la musique. Pour l'instant ma voix est rauque, je mue. Autrefois j'avais un joli timbre cristallin, je chantais en solo à la chorale de l'école. À la maison je ne chantais pas, je n'avais pas le cœur à chanter. Face à mon visage renfrogné il soupirait, Ce garçon boude une fois de plus. Et comme je m'apprêtais à ouvrir la bouche, Si tu es de mauvaïse humeur tes paroles seront regrettables. Alors tais-toi.

Je me taisais, je me tais. Je me contemple dans la glace. Mince. Blond. Pâle. Une certaine élégance. Un soupçon d'herpès. Muet. Ou tout comme. Dans mon enfance ma mère me laissait babiller. Ma mère me posait des questions, écoutait les réponses, s'exclamait, Vous l'avez entendu cet amour ? Me demandait mon avis, me disait, Raconte. Je racontais. Je me confiais.

Depuis qu'elle s'est installée ici cette femme n'a jamais encouragé mes confidences. Je traverse le salon en frottant les pieds sur les roses du tapis. Elle a choisi pour le salon un tapis parsemé de roses et des fauteuils Regency. Elle s'est toujours conduite comme chez elle dans cette maison, changeant les rideaux, fixant le menu des repas, décidant qu'il serait temps d'abattre l'érable que j'ai planté dans mon enfance sous prétexte que les branches assombrissent la cuisine, dépensant inconsidérément d'énormes sommes d'argent (qui lui appartiennent, je le reconnais), organisant des vacances, commandant un taxi, engageant un jardinier, saisissant le téléphone —

Conversant, elle.

Je montais dans ma chambre. J'essayais d'étudier. J'entendais mon père à la voix de stentor disserter sans trêve et cette femme intervenir aimablement de temps à autre. On m'appelait pour le dîner. Je m'attardais. Ce repas où on exigeait mon silence était une vraie corvée. Dans la salle à manger me balançant sur ma chaise j'écoutais leurs discours. Ils parlaient musique. Je tentais de modérer leurs échanges, m'efforçais de les intéresser à ma vie. Ce soir-là j'ai dit – erreur stupide – juste pour prononcer quelque chose sans nul rapport avec le piano et m'excuser de les avoir fait attendre, Pardonnez-moi, j'étudiais Bergson, un devoir à rédiger, que pensez-vous de sa conception de l'élan vital ? Le digne auteur de mes jours m'a regardé fixement, a haussé les épaules. Elle souriait avec indulgence, elle a dit, d'un ton conciliant, On verra cela plus tard, tu fatigues ton père. Lui approuvait, Oui, tais-toi.

Il ajoutait, tourné vers moi, citant, pervers, le même philosophe, *Celles-là seules de nos idées qui nous appartiennent le moins sont adéquatement exprimables par des mots.*

Je me passerai des mots. J'ai répliqué avec impertinence que la musique, langue universelle, devrait les remplacer. Mais si la musique ne propose pas un aller-retour évident d'émotions, qu'en foutre ? Soudain j'ai hurlé, Vous êtes trop chiants tous les deux, bon, d'accord, je ne parlerai plus. Immédiatement mon père a réagi, Qu'as-tu dit ? Je vais t'apprendre à me manquer de respect. Et tu n'as pas honte de traiter de la sorte celle qui durant tant d'années a été comme ta mère ?

Il s'est levé, s'est approché de moi, m'a pris par le bras, tiré hors de la table. Il m'a frappé au visage, Ça suffit, tu la fermes. Il est allé vers son piano, fredonnant quelques notes.

Elle a pâli, sa voix a tremblé, Je suis désolée mon chéri. Tu n'aurais pas dû répondre en un langage aussi grossier.

C'était ma faute. Elle a baissé les yeux. J'ai dix-sept ans, il m'a frappé. Il est mort, j'aurais pu lui pardonner. Mais pas à elle, bien vivante, qui pleure, qui supplie, Mon chéri, dis-leur, je t'en prie. Tu n'ignores pas que j'étais dans le parc. Souviens-toi, ton père t'avait grondé, j'étais bouleversée. Je suis descendue au jardin pour me calmer, la nature m'apaise.

Elle parle. La peur assourdit son message, elle bredouille, Tu te souviens n'est-ce pas ? Tu m'as vue m'éloigner.

Je l'ai vue. Elle portait une robe blanche. Autour du cou un foulard du même bleu que ses yeux. Avant de me quitter elle avait touché ma main, Ton père a recommandé que tu ne fasses pas de bruit. Ce soir il est épuisé. Il va boire une tisane et se coucher tôt. Nous prendrons le dessert sur la terrasse tout à l'heure, toi et moi, si tu veux.

J'ai traîné un moment dans le couloir. Au fond du bureau le fauteuil de mon père, derrière la table. Sur la table une tasse encore vide, la théière fumante, le sucrier. Près du bloc de papier à musique.

Mon père est mort empoisonné par ces cristaux qu'utilise le jardinier pour détruire les nids de guêpes. Des traces ont été retrouvées dans la théière et dans la tasse. La mort a été presque instantanée. D'après ce qu'on m'a dit, du moins.

C'était un grand musicien. Encore méconnu du public, ils diront ça. Quel dommage que sa symphonie soit restée inachevée qui lui aurait sûrement apporté la gloire.

Elle pleure. Tout cet argent dont elle était prodigue elle l'a dépensé en vain pour mener au succès un homme qui l'a déçue. Les policiers l'interrogent. Elle se trouble. Et parce qu'elle n'est pas habituée à rencontrer l'injustice, la suspicion, son innocence paraît douteuse.

Je me tais. Je ne dis pas que je l'ai vue s'enfoncer après le dîner sous les arbres du parc et que la servante n'avait pas encore apporté la tasse ni la théière.

On m'a appris à me taire.

Je sais bien que ce n'est pas elle qui a versé le poison dans la tasse de thé à la menthe.

Puisque c'est moi.

Le Maître

et dut combattre les Saxons pendant vingt ans avant de réussir à les soumettre, ordonna la destruction de leurs idoles, fit construire dans tout le pays des églises et des monastères. Point. Pour demain. Qu'il dit, le Maître. Et il dit aussi, Rangez vos affaires, pas de bagarre dans la cour ni sur la place. Puis Félisse demande qui c'est qu'a piqué ses crayons et pourquoi Ravel lui écrase une godasse. Gautier, Fenoux, vous voulez rester jusqu'à 6 heures, qu'il dit, le Maître. Gautier proteste, C'est pas moi m'sieur c'est les autres ceux du dernier banc qui déconnent. Alors on dit, Mouchard, vendu.

Après on est au vestiaire et on se mélange dans les fringues. Pillaudin braille, Nom de Dieu mon cache-pif. Bartillois souffle, Hé les mecs, grand conseil sous le marronnier dans cinq minutes faites passer. Pressons pressons qu'il dit, le Maître, à croire qu'il en a vraiment marre. Les jumeaux Martin Pierre et Martin Jean ont du mal à se mettre d'accord avant d'enfiler leurs blousons (exactement pareils).

Galopade.

On se rassemble sur la place. Fenoux dit que le marronnier a dans les mille ans, qu'on est comme Saint

Louis sous son chêne. Martin Jean dit, Sauf qu'on est pas des rois. Martin Pierre, Sauf qu'on est pas des saints. Bartillois déclare que l'arbre appartient à tout le monde ça s'appelle la démocratie. Démotruc mon cul, Félisse chantonne.

On tient conseil. C'est pour ça qu'on est là. Parce que le Maître est pas comme il devrait. Il frappe. Pas très souvent mais ça arrive. Fenoux prétend qu'il la ramène pour la raison qu'il sait tout, jusqu'au nom des insectes et des fleuves. Et la couleur des drapeaux. Mais il a pas le droit de nous frapper. Martin Jean dit, C'est écrit dans les lois. Martin Pierre dit, C'est dans les. Gautier l'interrompt en bramant que le Maître peut pas nous obliger à balayer la classe sous prétexte qu'on a sali exprès, et pas non plus rapporter aux parents des mensonges qui nous causent des ennuis, on manque d'application, on s'intéresse pas à l'instruction civique. Que dans la vie on vaudra rien, comme s'il devinait déjà.

Martin Jean dit, Et alors le paternel est pas content quand il voit le livret. D'autant moins (content) que chez eux y en a deux d'un coup qui sont le déshonneur de la famille. Félisse, lui, jure que sa mère elle gobe tout ce que le Maître dit et elle marmonne, Ce que tu dis toi je m'en branle. Elle dit pas branle elle dit balance.

Après, on débite schlaf un résumé de ce qu'il est, le Maître, brute peau d'hareng cobra visqueux scorpion d'Afrique. Félisse continue, Un vampire, et Martin Jean, Qu'est-ce que c'est un vampire ? puis Martin Pierre, Un vampire c'est quoi ? Et l'autre, T'as fini de dire comme moi ? Bartillois trouve que c'est normal pour des jumeaux d'avoir les mêmes questions, réflexions, le Maître a dit que les Martin faut pas les séparer. Ravel affirme que des jumeaux ça commence par un enfant à deux têtes puis chaque moitié se refabrique en entier. Fenoux dit beurk. Martin Jean interroge encore, Qu'est-ce que c'est un vampire ? Et Félisse, Une bête comme ça, il rugit. Il en a vu un, qu'il dit, au cinéma, un jour quand sa grande sœur l'a emmené. C'était chouette ? Il dit qu'il a bien aimé, dans le noir il avait les boules mais pas sa sœur, elle bécotait un gus qu'elle avait rencontré à la porte du ciné.

Pillaudin soutient que la sœur à Félisse suçote tous les garçons, Félisse hurle que c'est pas tes oignons. Ravel assure que la sœur à Félisse refile des sous à Félisse pour pas qu'il raconte qu'elle se frotte à des mecs. Martin Jean demande s'il le dit et Martin Pierre s'il le dit pas. Gautier grogne qu'on a que des emmerdes avec les sœurs les frères les parents le facteur les bonnes femmes, celles qui vendent des Kinder Bueno et s'imaginent qu'on va leur en faucher, celles qui bafouillent des recommandations celles qui prétendent qu'on affole les volailles. Félisse ajoute, Et puis le Maître qu'est pire que tout ça réuni, qui sait pas quoi inventer pour qu'on en chie comme dirait mon cousin du séminaire. On est d'accord pour se défendre. Quand Fenoux envoie son caillou dans les branches du marronnier lui toujours il se figure qu'il est le peloton d'exécution chargé de liquider le Maître. Gautier dit, Manque de pot, Fenoux saura jamais viser, tiens passe ton caillou. On parie l'aura l'aura pas.

L'a eu. Fenoux dit que le marron est pour lui. Parce que c'était son caillou. Bartillois gueule qu'on se bat pas pour un marron, bientôt les marrons tomberont tout seuls. Martin Jean dit, Après ce sera l'hiver et les vacances de Noël et Martin Pierre, Ce sera Noël après, et les vacances de l'hiver. Martin Jean en a ras la caisse d'entendre son frangin qui répète. Puis Gautier annonce que vacances ou pas on est floués d'avance, le Maître il nous donnera des devoirs à la maison quand même c'est interdit.

Ravel décide que le Maître faut pas qu'il prenne de mauvaises habitudes ou bien l'année prochaine qu'on sera encore avec lui en CM2 ça risque d'être plutôt pas rigolo. Gautier bougonne, Comme si déjà on rigolait. Et Fenoux, C'est galère ce qu'on doit se rentrer dans la tête qui sert que dalle, y a des choses utiles à apprendre, tirer à l'arc parler chinois comment vivre dans un arbre et se nourrir de plantes sauvages. Le Maître crie. On est paumé. Ravel, sûr de lui, jaspine, Toi encore t'as pas trop à te plaindre t'es son chéri. Fenoux geint, ben quoi, qu'il l'a pas fait exprès. On croirait qu'il va pleurer. Il redit que c'est pas sa faute. Déjà que Gautier lui a pris son caillou.

Bartillois ordonne, Ça suffit. Qu'on se taise et se concentre. Pour chercher une solution. Une façon de lui montrer, au Maître, qu'on est pas des couilles molles. On reste un moment à se torturer les méninges puis on étouffe de mots qui veulent sortir, On pourrait – On devrait – c'est rien que des conneries. Bartillois se frappe le front avec le doigt du milieu, prend un air dégoûté. Martin Jean propose que le Maître y a qu'à le tuer, c'est simple. Martin Pierre dit, Oui y a qu'à. Sans souffrance.

On est là depuis des siècles et on a un creux à l'estomac. Ravel dit, Saint Louis sous son chêne des fois il bouffait, non ? Martin Jean se souvient qu'on lui apportait du rôti dans un plat en vermeil. Et Martin Pierre, Avec des frites. Félisse dit que l'année prochaine on choisira pour le Conseil un arbre à fruits comestrucs. Qui se mangent. Un pommier. Un néflier. Gautier grogne qu'on pense qu'à s'empiffrer. J'arrête pas de réfléchir, dit Martin Jean, à ce qu'on va inventer pour se venger mais. Martin Pierre dit que lui aussi mais. Gautier se marre, Fenoux proclame, C'est pas toi, Gautier, qui les a crevés les pneus de ce vélo du Maître le mois dernier. Félisse hurle que Gautier voudrait bien passer pour un dur – sacré bordel – et après nous commanderait. Le chef c'est Bartillois. Parce qu'il court le plus vite. Gautier se renfrogne. Gautier est le seul l'unique qui taille bien les sifflets.

Le Maître quitte la cour de l'école. Donc aura pas surveillé l'étude. C'était pas son tour. Fenoux dit que Ripeur (Henri) qu'est le maître des petits souvent l'étude il la lui refile, l'autre jour il a dit, Tu t'en moques, Jacques (le Maître) de rentrer chez toi à pas d'heure, t'as une femme qui te soigne, quand t'arrives la table est mise, moi je me paie toutes les corvées parce que ma mère elle bouge à peine. Et Jacques (monsieur Mandier, le Maître) il hochait la tête pour reconnaître sa chance. Paraît que sa femme est kiffante dit Fenoux en ajoutant (l'imbécile) qu'elle pourrait être Miss Univers. Il dit qu'au café-tabac le patron a trouvé que c'était une belle pièce. Alors tu vois. Ravel déclare, C'est trop de bol pour un pourri qui demain voudra savoir absolument qui c'est qu'a régné le premier de Pépin le Bref ou Charles Martel.

Bartillois crie qu'on en a jusque-là de tous ces rois, on est bien mieux en république, un chouette morceau la République, y en a une sur la place tenant un soldat (agonisant) dans ses bras, chiche qu'il lui envoie un marron entre les miches. Martin Jean dit que le Maître nous a promis une dérouillée si on chahute le monument aux morts. Martin Pierre dit, Les morts laissez-les tranquilles, être mort c'est déjà pas drôle. Fenoux claironne qu'on doit se retenir de jouer aux petits malins devant ceux qui sont tombés pour la patrie. Gautier s'énerve, Fenoux t'es un fayot qui parle comme le Maître, pas de veine il est parti. Ravel demande, Aujourd'hui il a pris son vélo ? Bartillois dit, Non, il est venu à pied, la marche ça donne du meilleur sang plein d'oxygène. Plus moyen de bricoler ses roues, reste à chercher autre chose pour le tuer. Martin Jean dit, On veut pas vraiment le tuer. Et Martin Pierre, Pas le tuer totalement. Félisse conclut, On veut l'enquiquiner.

L'avènement de Hugues Capet marque un changement important dans l'histoire de notre pays. Le roi lutte contre les grands feudataires refusant son autorité. Qu'il dit, le Maître. Pillaudin chuchote, Montre comment tu l'as écrit le mot, et Ravel dit, Comme le feu et comme la terre, un mot inventé par le Maître pour le plaisir de nous embrouiller. La porte de la classe s'ouvre en grinçant, ça agace les dents. Ripeur (Henri) le maître des petits en deux enjambées atteint l'estrade, Jacques remplace-moi ce soir à l'étude, la voisine m'a téléphoné que ma mère a une attaque. Pauvre Henri, qu'il dit, le Maître. Hé les gars une attaque, et encore des noms de bataille à se taper ahah, c'est Félisse qui roucoule. Le Maître réclame du silence, et il dit oui à Henri, et même que Henri (Ripeur) aura pas à s'inquiéter de la cantine du lendemain.

Martin Jean soupire que sa femme, au Maître, sans doute elle en a plein le dos qu'il accepte de faire du rab et Martin Pierre dit, Sûr qu'elle en a plein le, puis s'arrête et reprend, Plein les bottes. Jolie comme elle est, dit Félisse, elle aimerait bien que son jules soit plus souvent à la maison. Tu ne connais pas ton bonheur que Ripeur (Henri) a dit à Mandier (Jacques), t'as quelqu'un pour s'occuper de toi mais moi j'ai que ma mère tout le temps dans son fauteuil. Qu'est infirme et qui me les brise (c'est Gautier qui en rajoute). Bartillois se tortille sur son banc en disant, Oh meeerci Jaaacques, on sait pas s'il joue le rôle d'Henri ou celui d'une meuf qu'on chatouille. Le Maître qui a reconduit le Ripeur jusqu'à la porte se retourne et nous regarde avec un air pas commode.

Après, on est tous à s'asperger de flotte au robinet de la cour. Puis de nouveau on s'assemble sous l'arbre où Saint Louis plus tard rendra la justice mais ça fonctionne pas avec Hugues Capet. À l'Ordre du Jour y a encore une fois d'envisager comment punir le Maître, corniaud putois qui chlingue, surtout qu'en plus il a une femme extra. Paraîtrait qu'elle est top. Ou bien c'est Gautier qui débloque. Gautier dit, Non, tout le monde le dit et les gens d'ici sont pas louangeux dans l'ensemble. Ben avec lui elle doit pas s'amuser dit Fenoux, et Pillaudin, Pourquoi qu'on la voit jamais, qu'on l'a pas vue à la fête des Prix l'année dernière. Gautier ricane, Ahah t'aurais voulu qu'elle t'admire dans la chorale au premier rang avec ta chemise blanche et ta cravate, la dégaine d'un singe habillé.

Bartillois lâche un vent, il grogne, Z'avez pas assez déconné, non ? Et il explique que le Maître amène jamais sa femme dans les fêtes ou événements cérémonies par frousse qu'on la trouve pas si belle. Qu'on peut pas dire puisqu'on l'a pas vue mais seulement entendu les soiffards du village racontant n'importe quoi. Martin Jean dit qu'elle boite de la jambe gauche qu'est plus courte et Martin Pierre, Ou bien la droite serait plus longue, ils se chamaillent. Pillaudin crie qu'elle est borgne et Fenoux lance qu'il a une idée une très bonne idée. On braille que c'est ça elle est borgne mais Fenoux hurle encore plus et on attend son idée formidable. Félisse dit, C'est sûr qu'on aura des ennuis parce qu'on les connaît les idées à Fenoux, comme le jour des champignons qu'étaient soi-disant des girolles, on a eu des boutons partout, le jour du feu dans les bureaux pour griller les châtaignes, les livres de biblio planqués dans l'armoire aux balais et la retenue qu'a suivi. Gautier dit que Fenoux est l'as des retenues. Lui qui les oublie dans les additions. Ahahah, ça c'est Martin Jean, puis c'est Martin Pierre, Ahah. Fenoux tire une tronche. Ravel dit, Ça vient ? De quoi tu parles, il demande (Bartillois. Ou Pillaudin). Ravel dit, Hé, l'idée géniale. Maintenant Fenoux voudrait qu'on le supplie mais au fond il doit penser que vaut mieux sortir tout de suite ce qu'il a dans le crâne juste au cas où.

Alors il se décide, Ben – la borgne, sa femme au Maître qu'est boiteuse ou borgne si on allait la voir ? Déjà qu'elle serait furax parce que, merde, se cacher des semaines et des mois pour qu'un jour des gars vous découvrent avec un bandeau sur l'œil — Fenoux dit qu'on lui débiterait des charres. Ravel dit qu'on lui annoncerait que son petit mari a été renversé par une bagnole, écrasé réduit en bouillie, ça lui donnerait un coup fatal, elle en mourrait. Félisse meurt, il s'effondre la main sur la poitrine, la figure toute tordue comme s'il avait mal aux dents. Gautier qu'est jamais content si c'est pas lui qu'on écoute affirme que ce sera un loupé. Même qu'elle aurait très peur elle mourra qu'à moitié, elle tombera évanouie et après elle dira au Maître qu'on est venus, des types comme ça, grands comme ça fringués comme ça, avec un air comme ci comme ça. Et la couleur des cheveux. Gautier secoue sa tignasse rousse, on se dit qu'il a raison. Bartillois conseille le camouflage, écharpes nouées sous les yeux, bonnets enfoncés sur la tête. On lui chanterait quelque chose à la borgne. Oui, puisqu'elle est borgne on chantera N'a-qu'un-œil-n'en-a-pas-deux. Quand le Maître rentrera elle aura pas préparé son souper. Fenoux dit, Mes potes on va débarquer chez le Maître pendant qu'il garde les bagnards de l'étude et emmerder sa meuf.

Le Maître (c'est Félisse qui déclame) tout le monde en a jusque-là de l'entendre, l'employé de la cantine a parlé au maître des petits, cet Henri Ripeur de mes couilles (comme dirait mon cousin, dit Félisse) et il a reconnu que monsieur Mandier a une jolie femme mais il dit que tout ce boniment ça devient du radotage. Félisse jure que c'est vrai, Gautier gueule que le Maître se vante, et qu'elle est horrible. On dit, Oui, les oreilles décollées, en feuilles de choux à lapins, les dents noires, celles qui restent et elle perd aussi ses tifs. On s'éclate. Gautier dit, En avant les mecs. Bartillois, le chef, menace, Attends voir ma pépée. La boiteuse. Qui bégaie. Qu'est borgne.

Après, on marche. Martin Pierre soupire, C'est loin. Martin Jean, Un bout de chemin, surtout qu'on porte les cartables, planquons-les dans un fossé. Mais Bartillois, Suppose qu'on nous les pique. Pour raccourcir le trajet on discute, de ci de ça, des volcans comme hier en géo. Ravel dit qu'il a bien aimé ces histoires d'eau qui bouillonne, de fontaines pétrifiantes. Fenoux fait remarquer que ça peut arriver, un volcan peut sortir brroum au beau milieu d'un champ, le Maître en reviendrait pas. Gautier prétend qu'une pluie de cendres aussi ce serait poilant. Ravel demande, Comment il a dit le Maître, les nuées ardentes et les fumées molles, non c'était pas, c'était — on se creuse la calebasse on s'obstine mais ça finit en grimaces parce que déjà on est crevés. Le hameau où il habite, le Maître, est à une chiée du village et chez nous c'est de l'autre côté. Quand même on va pas caler.

Juste comme Martin Jean dit que ça lui tire dans les cannes et Martin Pierre que ses mollets sont raides on découvre la boulangerie, une boutique de quatre sous avec des choses à l'étalage. Des brioches bourrées de raisins secs, des pains au chocolat. On reluque on salive et puis on avoue qu'on ignore où est foutue la foutue maison du Maître. Gautier se moque, C'est raté. Félisse conclut qu'y a plus qu'à rentrer sa mère a dit, Traîne pas. Ravel crie, T'es un dégonflé. Bartillois explique patiemment, Y a qu'à chercher une maison blanche, avec un jardin fleuri. Un bassin, dit Fenoux qui s'excite, avec un geyser au milieu. Félisse ajoute à l'intérieur des rideaux à volants, dans la salle à manger un canapé en velours, un lévrier couché sur le tapis et dans la cuisine une odeur de gâteau. On dit, Où on va, mecs ? À droite à gauche ou bien tout droit ? Martin Jean décide que c'est pas facile. Martin Pierre, C'est compliqué.

Fenoux a l'idée pas bête de se renseigner chez le boulanger. On dit, Vas-y fonce, non toi non toi. Gautier crache à Bartillois, T'es le chef ou quoi ? Le chef (Bartillois) se rengorge, Bon j'y vais mais qu'est-ce que je dis ? On lui souffle de raconter qu'on est venus pour une leçon. Gautier s'esclaffe, Oui, pour lui donner une leçon, au Maître, lui apprendre à nous foutre la paix. Pillaudin trouve que Bartillois doit seulement s'informer de l'adresse. Bartillois hésite un instant, Allez pas décamper sans m'attendre. On dit non que c'est promis juré, qu'on bouge pas du carrefour. On lui conseille de se grouiller.

Ça dure pas trop longtemps. Bartillois se ramène avec la figure un peu rouge, il rapporte que la boulangère a posé la question, qu'est-ce qu'on lui veut, au Maître. Il a répondu, C'est à cause des volcans, besoin d'une explication, les signes d'approche d'une éruption. La boulangère elle a pas trop pigé, elle a dit, Là sur le chemin, deuxième maison après le bosquet de fayards.

On marche. Pillaudin s'inquiète, Faut ramer, les gars. Gautier glousse, T'as encore les chocottes. Félisse dit que les crâneurs s'ils habitaient de l'autre côté du bois ils seraient pas tellement fiers de le traverser quand la nuit tombera. Bartillois annonce qu'on est presque arrivés, là-bas c'est la maison du Maître, on a plus qu'à piquer un sprint. On cavale. Comme si un volcan avait jailli des profondeurs et qu'on aurait des flots de lave bouillante sur les talons.

C'est ça ? Qu'il dit, Ravel. Martin Jean dit, Oh. Martin Pierre tout pareil. Gautier gémit, Aïe ma mère. On reluque cette baraque qu'est bien plus minus qu'on croyait, qu'a salement besoin de peinture, le jardin où pousse à foison la chélidoine qu'est du chiendent mais ça soigne les verrues paraît-il. Plus loin y en a une autre avec des dahlias devant. Bartillois refuse d'entendre parce que la boulangère a dit une cambuse aux volets gris. Fenoux dit, Plutôt dégueu. Gautier demande s'il croyait qu'on découvrirait un château, que les rois c'est du passé. Ravel suggère que le Maître pourrait au moins sarcler les plates-bandes. Et y a pas de rideaux. Félisse dit que sans doute aujourd'hui pour la borgne c'était le jour de la lessive, Gautier sifflote et chantonne, Elle est tombée dans son baquet. Pillaudin gambade, assurant qu'on va pas la tirer de là, que non vaut mieux pas qu'elle y compte, qu'on est pas venus pour ça, pas pour gagner une médaille, on vient pour embêter le Maître on vient parce qu'on en a marre, on vient — Il est tout allumé. Arrête idiot, dit Bartillois, tu m'as poussé dans les ronces. Gautier dit qu'il va grimper jusqu'à la fenêtre là-haut, allons qui c'est qui l'aide, qui lui tient la guibolle, Hé doucement, lâchez pas.

Bientôt, Gautier se dresse sur le rebord de pierre. Lui qu'est pourtant une grande gueule reste muet comme un goujon, on se met tous à l'escalade, tous sauf les deux Martin qu'ont la flemme, qui interrogent, Alors ? C'est beau là-dedans ? puis aboient, Hep, remuez avant qu'elle se pointe, la borgne, et Fenoux dit ce qu'il voit, qu'est dégoûtant, le lit un vrai pucier et les habits par terre. Ravel dit sur la table une assiette avec des épluchures. Gautier dit au moins vingt mouches qui sucent la bouffe dans la casserole. Et aussi — Mais c'est juste à ce moment que les Martin lancent, Taillez-vous. Eux ils ont déjà pris le large quand la voix tonne, Qu'est-ce que vous fichez là ? On dégringole du perchoir, Félisse dans les orties piaule que ça cuit et se grattant partout il râle, Ben vous m'avez fait peur, d'un ton vachement accusateur en s'adressant à un gros mec qui veut savoir ce qu'on fout. Le pépère dit que si monsieur Mandier s'amène qu'est-ce qu'on va prendre. Bartillois se débrouille comme un chef (qu'il croit). Il dit qu'on voulait voir madame Mandier, qu'on avait une commission pour elle et Pillaudin sur un ton très sincère, De la part de son mari. Le type grogne, Délirez pas, les mômes. Gautier demande, Elle est sortie ?

Le mec a un drôle de rire et il répond, Pour sûr qu'elle est sortie, partie pour de bon mon gars. Y aura un an à la Noël, avec ce représentant qui vendait des boules dorées, des étoiles. On est un peu éberlués on bafouille que pourtant le Maître disait, rabâchait à Ripeur Henri qu'est le maître des petits, et à tout le monde dit Fenoux, que sa femme était — Oui, dit le gros, mignonne et bien tournée. Il dit encore, Voilà le malheur, monsieur Mandier il est brave mais il a pas d'autorité. Les femmes faut savoir les mener.

Y a comme un énorme silence. Puis il ajoute, Mais j'ai tort de vous raconter ça petites têtes, de quoi je me mêle, une histoire qui regarde personne, monsieur Mandier aime pas qu'on en parle, ce serait un bon plan de la boucler, compris ? On dit oui qu'on dira rien, qu'on se barre.

Alors on est sur la route. Les Martin se radinent et on les affranchit. On bifurque dans un chemin à rallonge parce qu'on a pas envie de rencontrer le Maître qu'aurait raccourci l'étude et cavalerait pour retrouver plus vite sa chouette de femme dans sa chouette maison-nid-d'amour ahah c'est Gautier qui se fend la pipe, on parle plus ou bien on dit humm comme si on était enrhumé. Quand même Martin Jean prononce, Qu'est-ce qu'on fait ? Martin Pierre dit, Qu'est-ce qu'on. Bartillois dit, On rentre. Gautier s'étrangle, Vous l'avez entendu, ce serait que le Maître a pas d'autorité. Martin Jean clame, Quel menteur, le Maître. Il mentait quand il se vantait que le soir la soupe est prête. Martin Pierre renifle un coup, Avec les grandes personnes on est toujours baisé.

Après, Ravel dit qu'au fond la borgne qu'elle soit partie c'est moche. On marche. Gautier dit qu'elle est pas borgne. Bartillois, Le Maître a pas de veine. Martin Pierre dit encore, Qu'est-ce qu'on. Et Ravel, On se remue les pinceaux. Martin Jean explique que son frère veut dire qu'est-ce qu'on fait rapport au Maître. Gautier ricane, Ben quoi, le Maître ? Pillaudin ce débile propose qu'on lui cueille des plantes pour son herbier. Martin Pierre qu'est pas futé dit qu'on lui pêchera des têtards. Ravel dit, T'es barjo, tu parles d'une solution. Fenoux suggère qu'on s'applique en calcul, Félisse dit, Les vieux, toujours on se demande — Gautier lance, Les vieux pensent de travers, en plus ils prétendent qu'ils savent et c'est de l'intox. Gautier répète qu'ils sont comme ça. Les volcans, tiens, les volcans, le feu qui sort et tout ils l'ont peut-être inventé on voit ce genre de trucs à la télé mais la télé ils la fabriquent, faut jamais les croire, faut tout vérifier.

On marche.

Puis Fenoux dit, Putain. Encore il dit, Si rien est vrai de ce qu'ils déblatèrent, le travail la liberté un bienfait n'est jamais perdu — On attend, et il dit, Les vieux, s'ils jouent à se foutre de nous avec le devoir accompli, la famille, le bien d'autrui, sachons vivre et sachons mourir — puisque c'est clair qu'ils baratinent, quand ils vont ressortir leurs histoires nous qu'est-ce — Les gars, crie Bartillois avec l'assurance d'un chef, s'agit de réfléchir, mais Fenoux s'entête, Qu'est-ce qu'on fera, après. Si y a plus rien. Plus personne pour nous dire.

Là on se tait un moment. Avec un frisson qui secoue tout le corps parce que ça a fraîchi. Les paupières piquent. Aussi, on a mal aux pieds. On marche. Ravel sans le vouloir flanque un coup de tatane dans les chevilles de Pillaudin qui braille trois ouille à la suite. Gautier dit de pas se laisser aller, se perdre dans les problèmes, on a déjà assez d'emmerdes.

Il dit, On verra bien, c'est con, il dit que nous on grandira. Alors sûrement on trouvera quelque chose.

On marche.

L'interrogatoire

Vous étiez seule. Tôt le matin. Et puis vous l'avez rencontrée à la fontaine, appuyée au socle de granit. Des cheveux blonds, visage souriant.

A-t-il dit vraiment ? Oui, il répète, Visage souriant. Elle hésite, Je ne sais plus.

Il déclame, il fabrique une histoire. Il joue à l'orateur. Dans cet endroit banal, presque sordide, une pièce étroite aux murs grisâtres. La femme à la fontaine, battant des paupières écartant sur son front d'un doigt léger une frange soyeuse. Qu'est-ce qui lui prend où veut-il en venir ? Gestes et déplacements il les invente. La femme sur le banc était parfaitement immobile et d'une pâleur extrême.

Vous avez — J'ai dit bonjour. Puis encore. La femme n'a pas bougé, j'ai demandé, Vous ne vous sentez pas bien ? J'ai dit, L'air est plutôt frais. Pas un mot pas un geste en réponse.

Ou peut-être un coup d'œil méprisant. Vous avez ressenti une fureur subite.

Après tout il a raison, c'était exaspérant. Une telle beauté (elle ne dit pas). Mais elle a gardé son calme. Il lui semble que jamais de sa vie – vingt-sept ans – elle n'a cédé à la colère. Même autrefois dans son enfance quand elle voyait à l'école les autres petites filles qui étaient jolies, elles.

Jolies ? Enfin – pas laides. Jolies si on les comparait à ce reflet dans les miroirs, dans l'eau entre les nénuphars, dans le couvercle lustré du plumier : nez banal, menton ordinaire et puis cette tache énorme, indélébile, la tache violette qui couvrait la tempe et descendait sur la joue droite jusqu'à la commissure des lèvres.

Ta mère a eu envie de fraises.

Elle croyait tout ce qu'on lui disait en ce temps-là (elle ne dit pas). En cachette elle observait sa mère, l'imaginait sept ans plus tôt, un bébé dans les bras et grosse d'une deuxième fille, ratée celle-là, sa mère déjà le savait qui portait bas, un signe. Sa mère qui soudain avait envie de fraises. Mais pourquoi pas envie de pêches ? La première-née avait un teint de pêche.

Donc en compagnie de la jeune femme, dit l'homme, vous avez marché jusqu'au banc. Maître Terger s'est assise, a posé des questions ? C'est très important pour l'enquête. Reprenez les mots exacts. Vous rêvez ou quoi ? Il faut en finir.

Ça ne finit pas. Elle baisse les yeux. Lasse de redire depuis hier tant de fois la même chose, je l'ai vue sur le banc, immobile, qui sommeillait ai-je pensé, surprise toutefois par son regard fixe. Je me suis approchée.

Elle a prononcé quelques mots par simple courtoisie, Puis-je vous aider ? Vous avez des ennuis ? En cela elle a eu grand tort. Elle aurait dû fuir. Il est dangereux d'adresser la parole aux gens qu'on ne connaît pas. Autrefois on le lui enseignait. *Alors comment espérer les connaître ? Oh si tu joues à ta maligne —*

Votre nom votre âge votre adresse. Profession : employée auxiliaire. Anciennement couturière chez Frangier-Dickel. Quant à la victime, avocate. Vous prétendez toujours — Avouez. Après on vous laissera tranquille. Asseyez-vous ici. Non, là. Levez-vous, reculez. Encore. Maintenant un pas vers la lampe. Nom prénom et domicile. Hé oui on recommence. Vos parents. Rentrés dans leur pays. Tiens, ne se sentaient pas à l'aise dans cette ville ? Qu'ils avaient choisie pourtant. Se plaignaient je suppose. Ces étrangers, tous pareils. Mordent la main qui les nourrit. Ils ont décampé sans s'inquiéter de vous. À votre âge on est libre. Comme vous dites (elle ne dit pas). On a sa fierté, ses idées.

La victime. Amanda Terger. Vingt-huit ans. Habitait près de chez vous, la même rue. Au 32. Vous n'étiez pas sans la voir. Dans les magasins, aux réunions de quartier, à la poste ou à la banque. Vous parlait ? Vous ignorait ? Ou vous saluait avec condescendance. Tout lui souriait. C'est ça ? Du charme et une bonne situation. Son Alfa Romeo garée devant l'immeuble. S'en servait pour se rendre à la Cour. Mais avait coutume de faire auparavant un petit tour à pied, le concierge a témoigné. Et puisque vous aussi vous traversez le parc —
Elle dit qu'elle traversait le parc une demi-heure plus tard d'ordinaire. Ce jour-là elle était en avance. Parce que, la veille au soir, contrairement à l'usage, elle n'avait pas mis ses bigoudis. Oui, elle aussi trouvait plaisant de marcher à la fraîche entre les parterres de sauges. Dans les chemins déserts. Qui paraissaient déserts. Jusqu'à ce qu'elle aperçoive sur le banc cette —

Quoi. Sur le banc ? Vous vous trompez. Il corrigeait, elle avait vu Amanda Terger appuyée contre la fontaine. Souvenez-vous. Devant le mur bordé de seringas.

Cheveux blonds tombant librement sur les épaules. Mains fines lissant le tissu de la jupe. Regard vif et lèvres qui frémissent. Douceur du matin. Toi contemplant le visage animé. Écoutant la voix rêveuse, Quel délicieux printemps. Ça aurait pu être ainsi. Aurait pu, n'a pas été. Elle a longé la pièce d'eau où flottaient les herbes aquatiques.

L'enquêteur déambule un moment à grands pas derrière le bureau. Le subalterne est à l'écoute. Un silence. Humm. Autre chose. Votre famille. Voyons. Père et mère absents, m'avez-vous dit. Votre sœur Ève. Sœur aînée.

(Elle ne dit pas) Cheveux blonds Ève aussi. Superbes. Les yeux clairs. Un teint d'une fraîcheur incroyable. Elle ne dit pas qu'Ève a longtemps été la grande sœur qu'on admire. Mais Ève s'en est allée. La vie. On s'habitue.

Il propose, Voulez-vous une tasse de café. Il assure qu'il n'est pas un bourreau, Suffit d'envoyer le planton c'est juste à côté. Ça fera 1 euro 60.

Elle dit, Au printemps dernier, oui, Ève est partie. On lui a offert un bon job, là-bas. Dans une grosse entreprise, un excellent salaire. Tous frais payés en plus. Logée comme une princesse. Non, je n'ai pas souhaité la suivre.

Ah pour vous sans sucre. L'homme jubile comme s'il tenait là une information précieuse, le point de départ d'un raisonnement d'une rigueur implacable.

Goût marqué pour le café noir sans sucre et très chaud. Un dossier doit être solide, le moindre détail a son importance. Mais revenons à notre affaire. Tôt le matin. La grille jamais fermée.

Elle grimace. Vous avez. Non. En arrivant à quelques mètres du banc, près du parterre de sauges — La veille j'étais fatiguée, je me suis dit que les cheveux raides pour une journée — *Soigne ta coiffure voyons. Ça peut améliorer l'ensemble.* Elle signale que les rouleaux en prévision de crans et boucles font mal à la tête, à moins de coucher dans la plume mais si on dort sur du trop mou on risque les douleurs lombaires, qu'en pensez-vous ?

Il dit que c'est lui qui interroge, tapotant le bois verni de la table. Vous signerez votre déposition. Le 4 mai à 7 h 30 j'ai quitté ce deux pièces-cuisine où je loge depuis l'été dernier rue du Maréchal-Lebrequin quatrième étage escalier B pour me rendre à mon travail à l'Imprimerie nationale, 27 rue de la Convention. Dans le jardin public j'ai soudain aperçu une forme immobile sur le banc du rond-point. En m'approchant j'ai vu que c'était une femme blonde. Je l'ai crue endormie.

Vous évitiez la fontaine. Vous prétendez ne pas vous en êtes approchée. Et pourtant on a trouvé contre le socle une enveloppe de bonbon à l'anis. Vous avez dans votre sac des bonbons de la même marque.

Elle dit que c'est par kilos sans doute qu'on en vend chaque jour dans la ville. Tout de même. Curieuse coïncidence. Vous n'êtes pas de mon avis ? Un jardin si régulièrement ratissé. Le gardien embauché sur recommandation, il est très vigilant. On devrait donc admettre qu'à cette heure matinale un autre amateur de bonbons à l'anis — Étrange, vous en conviendrez.

Oui, étrange (elle ne dit pas). Mais somme toute, une vétille quand depuis hier tout est bizarre. Cet homme près de son bureau et l'autre devant son clavier. La tasse sur le plateau qu'apporte un stagiaire. Une goutte de liquide brun tremble dans la soucoupe.

Hier soir l'adjointe en uniforme est revenue sur ses pas, Vous n'avez besoin de rien ? Elle a hésité. Elle a dit, Des garnitures périodiques, s'il vous plaît, Tampax-Double-Absorption. Ah ah. Utilise Tampax-Grand-Modèle. N'est pas vierge. Inscrire au dossier ?

Elle demande combien de temps on va la retenir. Elle demande ce qu'on veut qu'elle dise. Après le récit fidèle de ce qui s'est passé depuis l'instant où elle s'est réveillée, hier, le 4 mai, à 6 heures, et qu'elle a porté la main à son visage comme elle l'a toujours fait chaque matin, reconnaissant du bout des doigts le défaut le ratage. Du bout des doigts vérifiant la consistance, l'étendue et même la couleur, croit-elle. *Ta mère a eu envie de fraises.* Autrefois enfant stupéfaite et questionnant, Quand ? À quel moment ? Quand la cigogne se perchait sur la cheminée de la maison. Quand tu étais encore dans la rose du jardin en haut du rosier grimpant. Et puis (la sœur aînée maintenant informée des mystères de la vie), Quand maman avait le gros ventre et attendait ta naissance. Suivaient les explications vagues mais données avec autorité, et pour finir l'argument sans appel, *Tu n'as pas à discuter c'est ta faute, c'est toi qui la dévorais du dedans en voulant pousser trop vite, pressée de voir le monde. Notre mère manquait de vitamines. A eu envie de fraises.* Mais pourquoi (ne disant pas, heurtant de la tête les barreaux du lit) oh pourquoi des fraises, pourquoi pas envie d'un autre fruit – page en couleurs du dictionnaire, contemplation timide et désolée.

Cette femme assise sur le banc a soudain jeté les bras en avant, mains en position de défense, ongles aigus, on voit la griffure sous votre œil en pleine tache rouge-violet. Une écorchure à cet endroit peut s'infecter, devenir un cancer de la peau. Dès qu'on en aura terminé on vous soignera ça. Puis vous irez vous reposer, une douche vous ferait du bien. D'abord parlez. Vous avez eu l'impression – vous l'avez déjà déclaré – que cette fille souffrait, signes caractéristiques : traits creusés, cernes sous les yeux. Vous teniez là un bon motif. De la pitié en quelque sorte. Ne riez pas, ce n'est pas drôle.

Reprenons. S'appelle Amanda Terger. Allait se marier. Avec un médecin légiste. Le mariage, vous n'êtes pas contre, vous avez reconnu qu'une fois vous étiez presque fiancée et ça a cassé, ce sont vos propres termes.

Elle soupire. Situation absurde, le filet lancé au hasard et on examine tout ce qu'il ramène. Elle dit qu'elle n'avait pas de rendez-vous tendre à 8 heures du matin. Oui elle a traversé le parc. Oui le chemin le plus court. Ils n'ont pas à savoir que lorsqu'on est un monstre – *Et si c'était contagieux ? Vous la mettrez seule à sa table* – on recherche la solitude.

N'exagérons rien. Ça pourrait être pire. Supposons la tache couvrant tout le visage, pas seulement la moitié. C'est assez répugnant, n'empêche. Trois cent soixante-cinq fois par an le regard au miroir, dans le petit matin de la chambre silencieuse. *Toi tu resteras vieille fille.*

Donc vous auriez souhaité. Elle ne sait plus (elle ne dit pas). C'était il y a plusieurs années (elle ne dit pas) et elle craignait d'attendre un jour un enfant et puis de désirer très fort la chose qui laisserait sur lui une marque ineffaçable. Envie de. Parfois un désir vous bouleverse et s'il demeure insatisfait on ressent un vertige. Envie d'un fruit ou d'un baiser ou de courir vers la fontaine pour y traquer le fantôme de la jeune fille laide, émouvante, qui s'efforçait de sourire à sa sœur aînée, très belle, près du buisson de seringas.

Continuons. Vous vous penchez, mains ouvertes. Faites comme moi. On a relevé vos empreintes en plusieurs places.

Elle a effleuré le col de la robe. Rond et plat, bordé d'un biais. La robe de lin. Et le cou près de l'ecchymose. Normal de poser les doigts sur le cou d'une étranglée. Comme pour tenter de dénouer une étreinte afin que l'air circule à nouveau, l'air et le sang et la vie. Mais c'est trop tard. Qu'en paix repose — Réglés tous les problèmes, anéantis les rêves. La demoiselle Terger (Amanda), maître Amanda Terger avocate à la Cour a comparu devant le Juge Suprême.

Vingt-huit ans, votre âge à peu près. En paraissait vingt. Ces vêtements quelle élégance. Le sac grande marque. Et ce qu'il y avait dedans — Bon, d'accord, l'argent est toujours là. Vous avez perdu la tête ou quoi ?

Bille de clown, tête de jeu de massacre. Oh là, drôle de museau. C'est ce que les autres disaient à l'école. Les gamines au charmant minois, au teint de pêche. Et plus tard, adolescentes, d'un ton chagrin pour se donner bonne conscience, *Pauvre fille, avec une tête comme ça —*

Elle dit, Parfois je m'en fichais, et même leur permettais de toucher. Ah. Oui, elle a touché. Vous n'auriez pas touché, vous ? Non, puisque vous apprenez ça dans la police, ne pas toucher ne rien déranger. Mais ce cou tordu (elle dit) elle a voulu le redresser. Un geste inoffensif comme le geste de son cousin (elle ne dit pas) oui, quand elle avait quinze ans, explorant de l'index la tache de son visage. Un instant elle y avait vu un signe de tendresse. C'était seulement de la curiosité. La fascination d'une chair insolite.

Plus tard un homme, la tenant dans ses bras, avait ô merveille baisé la tache, lentement du front jusqu'aux lèvres. Un homme qui (enfin) se moquait des apparences.

Oui, elle se l'avoue (ne le dit pas) elle a retrouvé en Amanda Terger quelque chose d'Ève. La silhouette. La couleur des cheveux. Ève un jour proposant une promenade. C'était une fête, c'était exceptionnel. Ève avait tant et tant d'occupations urgentes. Cette fois je l'annoncerai à Ève, ce garçon veut m'épouser. Donc vous avez une sœur. Plus âgée de quinze mois, partie au loin. Des nouvelles ? Pas récemment ? Mais avant son départ ça se passait comment entre vous, racontez.

Elle s'entend évoquer l'affection qui l'unit à sa sœur aînée. Les lettres et les cartes postales. Ève écrit que tout va bien. Pour Ève tout va toujours bien. Ève a été une fillette adorable. On lui faisait des cadeaux, un ballon, une souris blanche. *De quoi tu te plains, toi on t'a envoyée en vacances à la campagne. Mais oui, l'été dernier.* Parlons-en. On la reléguait dans un trou perdu, une enfant aussi affreuse on s'efforce de la cacher. Disant, Ève, *Tu as de la veine tu pourras jouer avec les animaux.*

Un cochon ça grogne et sent mauvais. Une vache a le regard stupide et parfois se change en taureau furieux. Mais une souris blanche c'est spécial, presque magique. Et doux. *Toi qui aimes ce genre de bête, viens voir,* braillait le fermier.

Elle dit qu'elle tournait le dos à la fontaine. Qu'elle a traversé le jardin, a contemplé le reflet du ciel cramoisi dans l'eau tranquille du bassin (elle ne dit pas, ne chantonne pas la rengaine, *rougi-du-matin-met-l'iau-dans-les-c'mins*, que répétaient ceux de la ferme, aux vacances de cette année-là). Elle dit, Mais hier il a plu tout l'après-midi.

Pardon ? Comment osez-vous l'affirmer ? Puisque vous étiez au sous-sol de l'Imprimerie nationale et ensuite ici dans une pièce sans fenêtres. Dites qu'il a plu "l'après-midi" si vous avez eu le bout du nez mouillé en le sortant incidemment, n'allez pas prétendre qu'il a plu "tout l'après-midi" puisque vous n'en savez rien. Vous racontez n'importe quoi, prenez garde ça peut vous nuire.

C'était visible qu'il n'était pas content. Et l'autre non plus, assis à la table. Agacés, les mecs. La voix brève, J'ai manqué des heures de travail. J'aurai besoin d'un justificatif. Elle dit que son chat doit être affamé.

Les chats ça mange les souris mais il n'y en a pas chez elle.

Puisque tu aimes les bêtes qui rongent — Le fermier ouvrait la trappe. Et l'énorme rat au cou ensanglanté avançait, l'œil farouche. Elle avait hurlé. Le fermier a haussé les épaules. *Bon Dieu, je croyais que ça l'amuserait.*

L'homme consulte les papiers. Résumons. Vous avez été sans emploi pendant plusieurs mois. Elle dit, Je voulais du changement. Mais pourquoi ? il a presque crié. On ne laisse pas tout tomber comme ça, en pleine crise économique, deux millions cinq cent mille chômeurs, sans avoir un plan dans la tête. Le 30 mars, à 6 heures du soir vous parlez à votre patronne, vous lui donnez un préavis. Vous insistez, malgré ses réticences. Une décision étonnante. Madame Frangier-Dickel a dit textuellement, J'ignore ce qui lui a pris. Et vous ? Comment expliquer votre attitude ?

Elle ne répondra pas. Même s'il menace. J'attendrai d'avoir un avocat. En choisir un, pourquoi pas Amanda Terger, juriste d'un certain renom qui habite dans le quartier. Le hasard veut qu'Amanda soit la victime. Elle dit, Eh bien j'en avais assez, une impulsion irrésistible.

Sujette à des impulsions incontrôlables, vous notez. Il triomphe, tourné bras tendu vers celui qui recommence à taper sur le clavier. *Ta mère a eu envie de fraises.* J'ai envie de tuer (mais silence) de l'étrangler lui ou quelque autre, un être au bonheur arrogant. Encore des mots pour ne rien dire.

Un peu plus de café ? Voyez-vous ce n'est pas terminé. Nouvel élément qui autorise l'optimisme. Incite à un retour prudent au début de l'interrogatoire. Après tant d'hésitations. Elle se balance sur son siège. On lui disait sévèrement qu'elle allait démolir la chaise. Et puis, *Arrête tu vas* — Suivaient les calamités que sa conduite ne manquerait pas d'entraîner. *Arrête, tu vas la tuer.* La souris blanche qu'elle tripotait, caressait. *Ce n'est pas à toi c'est à Ève. Sera furieuse, Ève.* Ça a cassé vos amours, dites-vous, on aimerait connaître les raisons. Des points restent à éclaircir dans votre déposition. Vous travaillez. Pour une paie misérable. Et vous vous en tirez. On ne vit pas de l'air du temps. Lui, inspecteur depuis des années, il en a entendu des histoires, en a reçu des confessions — Des gens qui avaient souvent des circonstances atténuantes, qui se mettaient à pleurer, là dans cette pièce. Et craquaient. Vingt ans de métier, rien ne l'étonne, qu'elle s'exprime en confiance ça la soulagera.

Elle a besoin d'argent comme tout le monde. Non, pas question qu'elle demande l'aide de sa sœur. Indépendance. Dignité. Son salaire lui suffit largement, elle a des goûts modestes, ne voit pas ce qu'elle achèterait si elle gagnait au Loto.

D'ailleurs elle ne tente pas sa chance. Elle ne cherche pas l'aventure. Mène une vie calme, un bonjour au facteur, deux mots aux éboueurs ou chiffonniers, débarras des caves et des combles passeront le 4 mai entre 9 et 10 heures. Le trottoir était couvert d'objets abîmés, rejetés, devant le 32 il y avait un gros tas de bricoles, un vase ébréché, des cadres disloqués, un coussin vomissant sa bourre de coton, d'anciens almanachs illustrés polychromes, un fusil de chasse complètement déglingué et sur le haut de la pile, en équilibre instable, un de ces vieux pièges de bois et fil de fer tordu, pour prendre les souris.

Prendre. Ève me le prendra. C'était certain. Dès qu'ils se rencontreront. Lui pourtant n'avait jamais paru se soucier beaucoup de grâce et de beauté. On échangeait des idées. Mais quand il l'a vue, Ève — Plus tard Ève a dit, *Il te trouve intelligente. Il t'aime bien, tu sais.*

Chez Frangier-Dickel vous étiez appréciée. Votre patronne vous tenait pour sa meilleure ouvrière.

La robe de lin (elle ne dit pas), la robe d'Amanda Terger. Elle avait plissé le corsage. Oui, elle l'a reconnue elle est sûre. Mais ça ne rimait à rien de renoncer à son emploi avant la rencontre dans le parc. Après, oui, ça pouvait s'expliquer, Amanda Terger ressemblait à Ève et achetait la robe de lin. Dans l'ordre inverse la suite des événements paraissait aussi absurde que les envies de fraises qui se changent en taches de vin. Délire. On ne savait plus trop où on en était. Cet homme qui s'obstinait, Un coup de folie, avouez.

S'il le veut elle va redire, Je suis partie tôt ce matin-là. C'est que la veille je n'avais pas — Elle dit qu'elle s'est levée pour dissiper un rêve, un cauchemar. Tiens. Intéressant. Disons un mauvais rêve. Sa sœur venait d'avoir un accident. Heureusement sans gravité. Simples contusions, bleus et bosses. On l'avait étendue sur le banc du jardin.

Au fond ça lui est bien égal de découvrir cette robe Frangier-Dickel portée par une jolie femme. Elle l'a remarquée d'assez loin (elle ne dit pas), comme elle était au bord du bassin, tentée de sucer un bonbon et presque aussitôt décidant que ce ne serait pas raisonnable, pas recommandé pour les dents.

Quand on perdait une dent la souris déposait une petite pièce sous l'oreiller. Ève ricanait, *Idiote, tu y crois encore à cette fable ?* Ève protestant, *C'est à moi.* Alors elle, *Faut bien que je m'en occupe, ta souris n'a rien à manger.* Malheureuse bête. Affamée affolée. Serait mieux d'être morte. Elle tenait la souris blanche tendrement au creux de ses mains.

Il dit, Écoutez, pour le moment on vous libère. Si on a besoin de vous dans les jours qui viennent on vous convoquera. Il s'étonnerait vraiment que l'Imprimerie nationale se plaigne d'une si courte absence. La soumission aux interrogatoires est le devoir des citoyens. Dans l'intérêt général. Il referme son carnet.

Oui c'était doux contre la peau, à peine moite, souple, tiède. Ève hurlait. L'homme élève soudain le ton, Ne restez pas collée sur ce siège, on vous dit que c'est terminé ouste filez. Elle est debout, indécise. L'homme s'avance. Ève hurlait. Ève pour une fois toute violette comme si, avant sa naissance, sa mère avait eu envie d'un plein panier de fraises. *Je te défends, donne-la-moi.* Ève avait dit, *Sale voleuse, quelle horreur, une trogne à faire peur, même à une souris.*

Angiome ça s'appelle. La tache. L'homme s'agite, Oui on a déjà dit. La voix d'Ève montait, stridente, *Tu entends, donne, tu as compris ?* Assez assez assez. Elle tremble. La souris blanche tremblait contre ses paumes, le sang battait dans son cou. Main caressante main menaçante. Elle dit, Je l'aimais je l'aimais. Elle dit, Oh tout est à l'envers. Parce que c'est beaucoup plus tard qu'Ève m'a pris mon fiancé.

Sur la chemise bleu pâle de l'homme la sueur a laissé des marques bleu foncé. Il est immobile. L'autre n'en finit pas de taper sur les touches.

Elle dit, Alors j'ai serré les doigts.

Moi, mon père

Comme ça lui, le mec, peut plus faire son malin. Comme ça, facile, je lui en bouche un coin. J'en avais assez de le voir jouer au caïd devant tout le monde, y compris mes copains. Parce qu'à mes potes il leur coupait le sifflet avec son histoire à la con. Maintenant quand il prend son air inspiré et entonne sa rengaine sans s'inquiéter de savoir si c'est pas les mêmes gars qui l'écoutent, quand il démarre son boniment consistant à vous régaler du récit d'un exploit héroïque, Un jour mon père — et après un arrêt pas trop long ni trop court, mesuré, d'enchaîner à toute bringue, Un jour mon père il lavait les carreaux — ben je ris. Et puis j'attends, je le laisse dire. Lorsqu'il est arrivé à, Ça sentait le roussi à vous donner déjà envie de dégueuler, j'annonce (super cool), Moi, mon père, c'était un matin ordinaire, il lavait les carreaux et il —

Le mec fignole. Son père (à lui) – sa mère s'était tirée chez ses vieux pour le dimanche emmenant les plus petits des gosses – donc son père qui s'emmerdait – pas de match à la télé en grève une fois de plus – avait décidé de nettoyer les vitres. De leur chez-eux. Et comme il allait s'attaquer à la deuxième fenêtre au rez-de-chaussée par-derrière, s'apprêtant à mettre en boulette une feuille de papier journal (qui nettoie pour pas cher) la fumée lui est apparue entre les arbres de l'avenue. C'était une grande baraque blanche, le Bon Séjour ça s'appelle (ou la Maison de Santé) qui commençait à cramer. Construit avec des plaques de machin inflammable et les dingues qu'on y garde enfermés sèment partout leurs clopes mal éteints ou s'amusent à flamber les mouches. Donc quelqu'un avait foutu le feu à quelque chose. Et re-donc son père au mec, de la fenêtre qu'il bichonnait il a pigé que ça tournait vinaigre. Il a appelé les pompiers pour qu'on évacue les piaules. Le conseil municipal l'a vivement félicité, et après, une vieille qu'est complètement gaga mais encore bien vivante de ses membres supérieurs lui aurait tricoté un pull en mohair.

Cette histoire a toujours du succès, pourtant les gars de la bande devraient s'en balancer que la maison des fous risque de brûler vu que sûrement y en a pas qui fréquentent personnellement un pensionnaire mais ça les excite d'imaginer les fêlés à deux doigts de rôtir. Le mec reprend son souffle avant d'enjoliver un chouïa et je lui gâche son effet en déclarant, tranquille, Moi mon père il lavait les carreaux et il —

La première fois ce trouduc m'a jeté le sale coup d'œil qu'on jetterait à l'ennemi public, j'avais la partie belle, déjà que son père à lui c'était pas son métier de laver les carreaux quand le mien avait choisi ça comme on se fait curé, une vocation, un job exaltant, en partie à cause du risque, et de première nécessité puisque les vitres sont pour voir au travers. Répétant – mon père – qu'il en était fier, quand même que c'est esquintant et ça a l'avantage de nourrir la famille, de payer le loyer le gaz l'électricité et l'éducation des enfants qui ont dans la tête l'idée de se la garnir avec des trucs qui servent à rien.

Mon père c'était rapport à mon frère qu'il râlait parce que moi à l'école je me cassais pas je voulais pas continuer loin, seulement jusqu'à seize ans – c'est obligé – restait qu'à patienter un peu. Mais mon frère a un cerveau qu'en apprendra jamais assez et surtout la philo ça le botte, alors mon père explosait. Des livres farcis de charabia qui coûtent un prix fou il disait, en plus de la bouffe et des sapes. Ajoutant qu'autrefois les mômes on les expédiait au taf vers les neuf ans pour soulager les vieux parents – normal – à présent fallait pas être pressé. Les thunes qu'il empochait, mon vieux, étaient vite dépensées, à croire que toute la famille se gobergeait dans son dos. Il oubliait de mentionner ses extras personnels, les petits verres de gnôle qu'il s'offrait. Quand il était bien beurré il chicanait encore plus et puis ronflait avachi sur la table.

Ce jour-là il dormait pas, dès le matin il avait l'air en rogne, ma mère était partie à son bureau. Donc ce mercredi mon frère, en terminale au lycée vu que lui en a sous la casquette (pas comme moi où y a que du vent), mon frère s'était installé à bosser sur son pageot qu'est près du mien, dans un grand déballage de bouquins et paperasses, et grognait, Faut que je révise pour mon contrôle. Moi j'étais censé recopier les trois pages que le frangin avait pondues à ma place en cinq minutes quand je suais sang et eau pour produire vingt lignes d'inepties, ce qui est plutôt étonnant puisque aujourd'hui où je me lance à raconter ma vie sur mon ancien cahier de brouillon je le noircis sans problème, je pourrais presque devenir écrivain (et ma mère pianoterait mes histoires sur le Mac de son patron), bref mon père est entré dans la chambre tout agité et il a dit à mon frangin, Qu'est-ce que tu glandes sur ton pieu espèce de (flemmard branleur bon à nib) viens me donner un coup de main.

Je l'ai dit déjà, je répète, mon père est laveur de carreaux, un pro, pas comme le père à l'autre type qui travaille en amateur dans sa cambuse. Des laveurs de carreaux, les vrais, y en a pas des masses. Pour mon père ça venait de ce qu'il savait plus quoi essayer et ma mère se demandait ce qu'il allait encore inventer. En un sens c'était un progrès qu'il se déclare à son compte vu que chaque fois qu'il était embauché il s'engueulait avec les chefs.

Mon père et moi entre nous ça manquait de communication, je suis pas agressif, pas causant, je rêvasse je parle juste à mes potes et aussi pour contrer ce mec avec l'histoire du Bon Séjour qu'aurait brûlé. Oui parce que le père au mec donc il lavait les carreaux et pour finir a repéré au bout de la rue comme un brouillard un tourbillon avec des effilochures montant vers le ciel nuageux, mais dans la soirée la pluie est tombée et y a des chances que l'incendie aurait pas résisté à l'averse. Lui le mec a oublié ce détail dans son histoire et garde comme une idée fixe que son père est un héros.

Le mien de père, dans le genre pas marrant c'était le top. À la maison il rouspétait, jamais content, la soupe était claire les frites molles le bifteck trop cuit le frometon pas assez moisi ses chemises étroites au col ses chaussettes mal raccommodées ça bourrait qu'il disait, dans ses pompes. Surtout il arrêtait pas d'embêter mon frangin, un intello parlant de types que je connais pas bien (Hegel Marx et la clique) qui sont pourtant comme des amis de la famille à force d'être ramenés dans la converse. Mon père a hurlé ce jour-là – un mercredi – à quoi ça rimait que mon frère reste plongé dans ses bouquins sans jamais se servir de ses mains pour ramasser du pognon. Mon père crânait de pas être au chômage, les gens s'étant déterminés à ne plus se cacher derrière des vitres sales, le besoin de lumière tournant en maladie contagieuse, donc mon père a fait son numéro, a foncé sur mon frère, Secoue-toi j'en ai mon plein tu porteras le seau et la raclette, et le frange a pas protesté a lâché sa philo a démarré en flèche. Le pater était costaud ayant pas peur de cogner et mon frère un gringalet avec tout dans la calebasse. Donc les voilà partis.

Lorsque je parle aux copains et que traîne dans les parages le mec qui toujours s'éclate en prétendant que son père a sauvé la vie aux cinglés du Bon Séjour, je m'étale pas, je dis simplement, plaçant mon grain de sel calmos dans l'intervalle, Moi mon père il lavait les carreaux et il —

Je sais pas comment ça s'est passé. Mon frère m'a un peu raconté mais ceux qui pensent voient pas les choses exactement comme vous et moi. Le frange me trouve plutôt lourd et quelquefois s'impatiente lançant, Ho, t'as besoin d'un dessin. Mais ce soir-là lorsqu'il est rentré tout seul ayant abandonné le seau et les chiffons ça crevait les yeux qu'il était paumé, Pas ma faute qu'il geignait ce débile, quand personne lui demandait rien. Les gens ont crié, Quel malheur, Pas Dieu possible, et puis, Ah c'est si vite arrivé, et même, Qui aurait cru. Ma mère disait, Pitié-grand-saint-Josephpatron-des-ouvriers, et cherchant l'air, Mes enfants mes enfants mes enfants. Nous qu'on était ces enfants-là montés en graine on avait bien le droit de se taire rendus muets par l'émotion mais mon frère s'est remis à bramer que c'était pas lui pas sa faute. Moi qui suis pas doué pour l'étude j'ai compris qu'en la circonstance c'est un discours à ne sortir que lorsqu'on vous interroge. Je lui ai enfoncé mon coude entre les côtes. Écrase, j'ai dit en le poussant vers l'escalier. On entendait les voisins qui réintégraient leur canapé-télé et ma mère dans la cuisine rabâchait ses litanies. Le Samu tenait la barre, j'ai fourré mon frère au paddock et il marmonnait encore, Si je me suis précipité c'était pour, et je disais, Okay, arrête. Ajoutant que visiblement s'agissait d'un coup du destin, d'un mauvais tour de la fatalité. J'ai fini par ordonner, Pionce hé patate. Il continuait à gémir grave et ma mère derrière la cloison répétait Cœur-Sacré-de-Jésus. J'ai couru vomir dans les chiottes. Après ça allait mieux.

Ça va mieux. Faut pas exagérer on n'est pas des orphelins. Traumatisme crânien qu'il a eu, mon père, vingt-huit jours d'hôpital. Une fois revenu du coma il est demeuré ahuri. C'est un accident du travail donc il touche une pension et maman a pu le placer au Bon Séjour qu'est un endroit vraiment clean, grand confort et bouffe premier choix. On doit ça au papa du mec, celui qui a empêché l'incendie du Bon Séjour trois mois avant qu'on ait quelqu'un à y caser. Je le lui dirai pas, au mec, ça lui serait un prétexte de plus à rouler des mécaniques. Depuis, chez nous c'est tranquille. Mon frère a été reçu au bac avec un 18 en philo. Cogiter le fatigue et parfois il est branque, voilà qu'il me réveille la nuit et interroge, C'était comment quand on était petits ? Et je dis non, le père nous lisait pas des contes, nous faisait pas sauter sur ses genoux, nous fabriquait pas des bricoles avec des morceaux de n'importe quoi. Non c'était pas cette sorte de papa. Mon frère insiste, Y aurait pas qu'il nous grimpait sur son dos comme tous les pères ? Puis, Mais toi tu te souviens de rien, et encore, Humm, par exemple est-ce que tu te rappelles mes tirades quand je suis rentré ce soir-là. Parce qu'avec l'émotion et tout j'ai dû en lâcher des conneries.

Stop, je dis, Tu viens toi-même de déclarer que j'ai les méninges en passoire comment veux-tu. À part ça – les nuits où mon frère dort pas et me cause – il est presque comme avant, toujours dans ses bouquins. Moi j'ai enfin quitté l'école, fallait bien que je me mette à trimer c'est la règle, j'ai repris la clientèle du dab. Mon frère dit que j'ai eu raison, qu'un métier manuel est équilibrant. Question équilibre j'aime mieux pas qu'on insiste ça me porterait la poisse. Ma mère, bon, elle va à son bureau et puis elle tambouille et nettoie. Elle rend visite à mon père les dimanches. Des fois elle nous propose de l'accompagner. Elle dit, Ce serait seulement au cas où vous auriez envie. Moi et mon frère on n'a pas. Envie. Mon frère s'exprime. Il m'enseigne la psycho à ce qu'il dit. Intéressant mais ça le gave que je me mélange dans le sens des mots qu'est souvent figuré. Comme autrefois quand il m'avait annoncé qu'on doit tuer le père et j'avais demandé comment il ferait. Pour Freud, le bonhomme qui a lancé l'idée, mon frère dit que c'est façon de parler ça signifie se libérer de l'influence des parents. S'assumer, il dit. On s'assume.

M'arrive d'être flapi, y a de plus en plus de gens qui exigent de voir clair dans tous ces grands immeubles avec toutes ces fenêtres. Des fois quand j'ai la crève mon frère me propose de m'aider. J'y tiens pas, juste le sentiment qu'à chacun son métier.

Dans l'affaire moi j'ai gagné un moyen pour qu'on m'écoute. Mes potes ça les intéresse drôlement plus que le bagou du mec avec son père qu'est jamais qu'un héros à la manque, un brin de fumée et allô les pompiers. Foutaise vu que ce père à lui il astiquait tranquille les vitres du rez-de-chaussée de sa cabane. Ce que je dis en plus ça serre un peu la gorge. Le bâtiment où mes laveurs de carreaux s'en allaient bosser ce jour-là je le remonte de dix étages, alors je peux affirmer que mon vieux était pas un minable, rien à voir avec un paternel qu'a senti le brûlé et puis crié au feu. J'annonce en gars qui s'en tient à la vérité vraie que mon père a proclamé, J'en ai marre de ce globe où les petits merdeux font toujours de la frime.

J'ajoute encore qu'il a salué, Bonsoir la compagnie. Et puis qu'il a sauté.

C'est mardi aujourd'hui

Sa mère : Il devait aller dans une école d'été, tous les arrangements faits, les dispositions prises voilà qu'il est tombé malade, une sorte d'infection provoquant ici et là des enflures, cou poignets genoux – du repos, disaient-ils, allergique, déclaraient-ils, c'est-à-dire ne pouvant supporter une chose et une autre, poussière farine aigrettes poils d'animaux flocons de laine. L'asthme. À quinze ans, asthmatique, c'était à n'y pas croire. Il va bien à présent mais il a du retard et déjà au lycée on l'avait mis en garde. C'est pourquoi je voulais l'envoyer — ah je devrais je crois être plus ferme, ah j'aurais toujours dû —

Dans l'air chaud qui frémit traversé d'ors obliques. Sous un ciel immobile de fin d'après-midi. Il est couché au bord du terrain de rugby. Le rectangle est désert, l'herbe blanchit, la terre gonfle et se fendille. Seulement le voir lui, rêve-t-il tout haut, une brindille à la bouche, mâchonnant puis crachant, effaçant de la paume une gouttelette de salive sur la feuille de plantain. Le voir, dit-il. Puis il ouvre le livre.

Monde à jamais rempli d'absence. Monde à jamais rempli de ce qu'on ne veut pas

Aujourd'hui c'est mardi. Attendra. D'habitude tous arrivent vers 5 heures le mardi pour l'entraînement. Et aussi le jeudi. Il les regarde à peine. Lui excepté, le capitaine, lui il le contemple, ses mèches blondes, ses épaules larges, les hanches fines. Hé les gars, suffit pour la tactique. En petites foulées maintenant. Trois tours de stade, le sprint dans la ligne droite. Par trois fois la frise des jambes hâlées sur un fond d'herbes folles. Instantanés. Oh comme je voudrais, dit-il. Puis l'horizon devient violet. Lacs de nuages striés de pourpre. La cloche sonne à l'église derrière les tribunes aux cloisons de bois qui brisent le son et l'éparpillent secouant des grelots fêlés dans le jardin de la voisine. Et c'est l'heure du dîner déjà.

Il est assis à la table. Sa mère a posé sur la table deux assiettées de soupe aux vermicelles. Elle s'assoit dos à la fenêtre, elle dit qu'il a encore traîné au lieu d'étudier dans sa chambre, elle ne peut tout de même pas l'enfermer. Le repas : du bœuf braisé, un plat de fèves. Elle dit qu'elle n'a pas très faim, Toi mange. Le grand air devrait au moins te donner de l'appétit. Après, tu m'aideras à vider l'eau de la cuve sur les salades.

D'autres jours. Il est contre la vitre. Il écrit dans le cahier rayé, une ligne sur deux comme lorsqu'il reco-piait ses devoirs l'année dernière, obéissant aux prescriptions de la femme aux cheveux gris qui avait établi l'usage de l'interligne et de la double marge. Effort de soumission aux règles, disait-elle – bien sûr, à votre âge on n'en est pas conscient, mais plus tard vous découvrirez que la contrainte engendre une liberté nouvelle, métaphysique, transcen — Il écrit que c'est un beau matin d'été, qu'il a ouvert les rideaux, qu'un triangle de soleil s'enfonce dans la chambre et ses mains sont en pleine lumière sur l'éblouissante blancheur du papier. Il raie blancheur, il corrige, l'éblouissante virginité, il barre, pose le stylo au bord de la feuille. Il se lève, s'étire.

Raaarsh. C'est la grille du jardin. Tintement du verre. Les bouteilles de lait sur le perron, attendez j'arrive, il dévale l'escalier. Il voit s'éloigner une nuque ébouriffée un cou bronzé, un dos recouvert d'une large chemise qui met du bleu de ciel entre les rameaux des lauriers. La mère avait dit que le laitier passe à huit heures et demie, les jeunes sont ainsi désormais, paressent au lit, se dorlotent. Elle a menti, huit heures moins le quart, la journée à traverser, plage de galets vide et brûlante. Il sort son carnet. Il griffonne. *Les oiseaux de leur bec ont transpercé les grappes.* Il barre.

Il marche dans le verger, mord à pleines dents les prunes énormes et presque noires. Essuie du poignet le jus sur son menton. Il continue sur le sentier, il accélère. Il va. Jusque là-bas.

Il est debout appuyé à la clôture de l'aire de jeu, l'arbitre siffle la reprise, les spectateurs se bousculent, l'un d'eux signale que le blond musclé a malmené son adversaire. Puis éclatent des bravos, Super n'est-ce pas, très chouette, belle attaque.

En avant. Mêlée. Le monstre coloré oscille, explose. C'était hier.

Sa main a glissé vers l'ombre qui la ronge jusqu'à mi-paume. Les bouteilles heurtent le carrelage. Un nouvel emballage est annoncé, en carton doublé d'une mince feuille d'alu ce sera plus pratique. Le mois prochain. Aujourd'hui clic-clac-bang, ça cogne. Il descend à la hâte. Trop tard. La couturière du village est dans la cuisine, une cuiller trempant dans sa tasse de thé, elle dit qu'autrefois quand on lui offrait du café – qu'elle déteste – elle le buvait par politesse. Puis elle a pensé que la vie est si courte pourquoi ne pas essayer d', pourquoi ne pas chercher à se, les petites joies font les, tout le monde en convient. Elle boit le thé, elle demande un verre d'eau. Des gouttes en tombent, perles minuscules qui roulent et disparaissent dans le fripé de sa peau, le gris le sec et le taché.

La main adolescente s'étale. Au bout des doigts les ongles durement rabotés. Oui, murmure-t-il, tapotant des phalanges, je voudrais que le laitier m'aime. Le laitier me remarquerait. Il dirait – Ne dirait rien. Quand il viendrait pour le rugby, le laitier, capitaine de l'équipe, se tournerait vers moi, et me ferait un signe. Le livre est ouvert aux pages 30/31. *Solitude et furieux désastre, vous ici et personne et plus rien pour finir.* Un caillou heurté dans la cour. Grincement d'une barrière. Celle du poulailler. Les ailes atrophiées ne peuvent soulever le volatile. Des plumes s'accrochent dans le treillis, se froissent.

Me promener. Dit-il. À vélo. Non maman je ne lâche pas mon guidon, oui je freine dans les descentes. L'allée fuit, la poussière est chaude. Menton levé. Tout le corps accompagne le bondissement des roues. Au détour des buissons touffus clignent des regards de laitier.

Il dit fermement (un dimanche), Je ne rendrai pas visite à tante Ellen. Elle déciderait que j'ai beaucoup grandi. Déclarerait qu'elle n'en croit pas ses yeux. Concluant que ça ne la rajeunit guère. Est déjà hors d'âge, au-delà de vieillir. Mais tu verrais tes cousines, mignonnes et douces ces petites, ah tu dois reconnaître — De jolies brunes aux yeux clairs. Mary est une latiniste, Bertha est douée pour les travaux manuels, quant à Nancy elle travaille dans l'étude d'un notaire depuis le début du mois, très appréciée de son patron, diplômée d'État, ça n'est pas mal pour une fille, si tu voulais elle serait avec toi comme une sœur aînée, un modèle. Toutes si bien élevées, charmantes.

Le klaxon ? Il a cru l'entendre. Non. Les doigts s'allongent, se rapprochent, se replient dans la paume, le bras pivote, coude en appui sur le poli du bois. Le front s'appesantit contre le poing serré.

Moments qui ne cessent d'être interminables. (Un autre jour) la voix est haute, en même temps y perce, croirait-on, une exaspération légère. Que voulez-vous ce matin ? Un pot de crème, une douzaine d'œufs. Avez-vous — Non, pas le samedi. Voix inconnue. À toute allure, il descend l'escalier. Porte entrebâillée. La mère a vérifié le compte de la semaine, a rassemblé la monnaie sur la table. Du seuil il examine la paire de chaussures, des bottillons de daim, une épingle fixe la glissière en haut de la tige. La voix claironne, une voix de femme. Elle explique, Mon fils s'est tordu la cheville, son père et moi nous étions satisfaits, livreur c'est une bonne place, d'aucuns seraient bien contents, s'appliqueraient à garder leur emploi mais lui trouve le moyen de s'esquinter au week-end. En jouant au rugby. Tellement fier d'être le capitaine. Ce lundi je me tape sa tournée.

Ou bien. Un autre matin. Toutes les chevilles de tous les joueurs de la demi-finale ont résisté aux chocs et aux chutes. Tintement de, des. Question superflue, qui était-ce, après un coup d'œil aux bouteilles de lait. Roulement de camionnette. Le sommeil a été trop lourd, une prison aux murs épais et pas même l'appel strident d'un réveil planté dans une assiette fêlée n'a pu les traverser. Maman tu m'avais promis de me réveiller à 7 heures. Oh je n'y ai plus pensé. Elle croit qu'elle peut se permettre d'oublier ce qu'on lui demande, elle a tant de choses en tête, comment oserait-on lui en tenir rigueur, formuler un reproche ? Mais si elle réclame que du bourg on rapporte des allumettes une bobine de coton perlé un kilo de sel et qu'on rentre avec simplement une revue de poésie elle grogne que c'est insupportable seras-tu jamais sérieux ? La journée est abîmée, comme bistrée hachurée gâchée, tous les repentirs les excuses à l'avance sans intérêt. Non merci, pas de tartines, juste une tasse de café. Eh bien oui, avec du lait. Puisque le laitier est passé. Soupir. Énorme flaque de soleil sur la table. Arrête de tirer sur les fils du tapis. Toujours à gémir, à te plaindre. Tu mériterais — Quoi, une dérouillée ? Ton fils de quinze ans (et demi) renversé sur tes genoux et ta main s'élançant pour frapper en battoir ? Il se vengerait, s'ensuivrait un matricide, du sang coulant d'un sein transpercé. Mais elle a seulement dit, Arrête, et puis, Sois raisonnable.

Il prévient qu'il a besoin d'exercice. *Non, je ne veux pas que tu vagabondes, l'automne est rempli de hasards délirants.* Elle n'a pas dit. Elle ne fréquente pas les poètes. Qu'elle ait dit et il serait resté, prétend-il, mais c'est facile maintenant qu'il est lancé à vélo sur la route en pente, vent au visage, c'est facile d'assurer qu'il l'aurait écoutée. Il n'écoute pas, écoute à peine – dit-elle – mais rêvasse et lit des choses insensées.

Il monte une côte, se déhanchant, balançant les épaules au-dessus du guidon, ayant déjà perdu l'élan qu'il avait pris dans la descente, il oblique et serre à droite. La voiture du laitier est garée dans l'herbe.

Il traverse le carrefour. Il met pied à terre, revient sur ses pas, longe le fossé. Des bulles éclatent sur l'étang avec un bruit de lèvres méprisantes, le guidon frôle les branches des sorbiers. Un pivert explore le tronc de l'acacia. Le demi-cercle achevé, le vélo réapparaît sur ce chemin qui conduit au village et le poussant un garçon qui parle entre ses dents de touches et de pla-quages. Ronflement d'un moteur qui démarre. Ce jeune homme imberbe, asthmatique – mais il va mieux c'est visible – pédale furieusement, suit le talus, soudain bifurque, amorce un dérapage. Tombe devant les roues de la camionnette. Une main de laitier se pose sur son épaule meurtrie ? Non. Les mèches dorées du laitier, capitaine de l'équipe, l'effleurent en une caresse ? Non, il se relève. Du camion, une voix de fille.

L'a fait exprès, hurle la voix qui écorche l'oreille. Écrase-le, vas-y. Yup. Fonce. Hop, écrase, ça lui apprendra. Si on est mort ça sert à rien d'avoir appris, dit le laitier, penché hors du véhicule immobilisé d'un brusque coup de frein. À rien-rien-rien, c'est comme un burin tapant dans la tête. Puis la voix revêche,

Dégage, on n'a pas de temps à perdre, ce môme il nous emmerde. Elle sort, elle ricane, longs cheveux gras sur les épaules. Tournant vers le laitier un visage grimaçant, Flanque-lui une baffe. Le laitier allume une cigarette, appuie contre la portière son torse nu et brun agité par le rire.

Elle est près du cycliste qui s'abrite de son coude. Elle lui saisit l'épaule, le secoue. Et encore.

Toute la chaleur du ciel est derrière les volets. Appuyé au mur de la chambre, ne plus en bouger jamais. Ne plus jamais dire une parole. Mais maman je sommeillais. Allons, tu es guéri. Cesse tes simagrées. Rentre les bouteilles de lait. Puis tu m'aideras à écosser les pois.

Un tas de cosses vides, les pois dans la casserole. De la fille ne reste que le souvenir du regard furieux, de cette bouche rageuse où vibre le cri, Tue-le donc, *et là les courbes les seins les formes.* Horreur. Ces créatures molles fendues renflées, aux odeurs fades, vomissant la haine et l'amour – c'est gluant, ça suinte. On les voudrait saignées à blanc dépecées anéanties. Femelles femelles femelles.

Il est couché au milieu du terrain de rugby, les bras en croix, longtemps immobile. Puis il se redresse, buste tendu, cherchant l'air, la gorge déchirée d'un râle. Des larmes coulent jusqu'à ses lèvres.

Sa mère : Il va beaucoup mieux. C'est une question de glandes. Tout s'arrangera, ils le disent. Au sortir de l'adolescence. Devrait se raisonner. Comment lui faire entendre ? Une fille, dit-elle, je saurais lui parler, ah je voulais une fille mais on prend ce qui vient.

Dieu reste impassible

Hommes, femmes. On les voit de dos. On voit des dos et des nuques. En dessous de la ceinture ce n'est que fouillis de tissus variés. Épaules matelassées, au-dessus trois tours d'écharpes, plus haut casquettes des garçons de vingt ans, couettes à rubans des demoiselles. Bonnets, foulards. Têtes blanches aussi, et crânes chauves. La double file. Qui s'épaissit s'allonge.

Le couloir que la file emprunte est étroit, bordé d'un côté par une corde brune qui passe dans les trous des poteaux en alu. Bordé de l'autre par un mur tapissé de casiers métalliques. Les gens. En bon ordre. Adultes dans l'ensemble. Sur le cou musclé d'un père son mioche à califourchon. Quelques enfants à peine plus grands, que des mamies traînent par la main.

Les gens qui ont mal aux pieds. Qui profitent des chaises pliantes. S'affalent dessus, baissent le front. Soufflent et se reposent un instant. Puis la file avance et ils la rejoignent.

Sans doute ils vont tous prendre de l'argent. Livres /dollars/euros. Ou plutôt le changer pour une de ces monnaies lointaines d'un pays du bout du monde.

En file. Présentant le dos. Leur dos fier, arrogant, vertical ? Non. Ils sont des dizaines à courber les épaules. Lordose, cyphose. Ou simplement fatigue. Et si leurs économies avaient perdu toute valeur ? Un espoir leur reste. Ils progressent, tenant un sac, dedans peut-être des billets des pièces afin d'acheter là-bas une autre vie, construire un autre univers.

Dos raides de ceux qui ne veulent pas fléchir, dos lourds de ceux qui d'année en année se sont penchés vers leur progéniture (ayant grandi le dos droit, exigeante ou vindicative) cependant qu'eux les parents s'inclineront désormais vers les vieux de la famille (dos voûtés irrémédiablement).

Jusqu'à terre ? Haha. Presque.

La Terre. Même la terre manque sous leurs pieds. La file chancelle. Serait-ce la Terre qui vacille ?
Il y a ces gens à l'affût. Qui espèrent on ne sait trop quoi. Se dirigent on ne sait trop vers quoi. Seraient-ils sous l'effet d'une puissance mauvaise ? Des affiches écrites à la main ont été collées sur les casiers. Déposez au 5. Au 7. Au 9. Une main qui s'est voulue ferme mais a terminé dans le désarroi d'un tremblant paraphe.

Déposer. Cette chose encore enfouie dans le cabas des ménagères, ou retenue sous le bras des fils, des époux, des pères. Qu'ils tendront aux comptoirs 5, 7, 9.

Devant le 5, le 7, le 9, un frémissement. Les gens murmurent. Tergiversent ? On n'entend guère leurs hésitations, le refend du mur les absorbe. La file oblique en direction de la cabine photographique. Une photo pour un passeport. Pour un permis de conduire qui les autoriserait à fuir. Mais s'il n'y a plus de routes. S'il n'y a plus de pays. Déjà ils se découragent. Ou bien l'appareil est en panne.

Ils retourneront vers la rue. Ils vont reprendre leur errance, le "lointain" a cessé d'exister. Le "près" bientôt disparaîtra. Pourtant la file se reforme, s'entête en silence. Hommes femmes, couples et descendants (hors les enfants d'âge scolaire qui sont en classe comme d'habitude). On s'effraie de penser soudain que chacun chacune de ceux-là (et celles) qui s'assemblent et la composent vont se retourner brusquement et on lira sur leurs visages les signes du désespoir.

Des vieillards trébuchent, gémissent. Un jeune homme sort un tube de sa poche et en extrait des pilules. Un nouveau-né tenu au bras jette un cri pitoyable. La file s'immobilise. Dieu reste impassible.
Le doute devient certitude. Tout va finir. Demain, ce soir, dans quelques heures, quelques minutes. Aspiration terrifiante d'un trou noir.

Des gens hagards qui attendent (on le suppose, on le lit sur leur nuque et leur échine, le cœur déchiré on attend aussi). Ils vont faire face. Un instant résolus puis désemparés. Et d'un regard éperdu on les découvrira, livides. Sachant – effroyable intuition – ce qui va leur arriver, nous arriver : un cataclysme. La fin programmée d'un monde.

Trêve de spéculations sinistres. Dans cette lumière glauque, incertaine, d'un matin humide et glacé, ne s'agirait-il pas en fait de citoyens qui s'obstinent, un jour de grève partielle des postes et télécoms (tous syndicats réunis), pour expédier sans retard aux proches et aux amis en ce mois de décembre les cadeaux de Noël ?

Pourquoi t'es jamais venu ?

Jamais venu me voir ici. Tu avais droit à deux fois par semaine. J'allais pas exiger ça, t'as pas le temps. Mais t'aurais pu me rendre visite deux fois par mois. Deux fois par an ? En cinq ans ça aurait fait dix fois. Les mères qui ont un fils adulte et l'embrassent dix fois en cinq ans ne sont sûrement pas très nombreuses vu les choses qui les occupent ces fils sortis de l'enfance avec l'envie de goûter à tout.

Au jugement – la foule, les jurés sévères, l'obligation de se lever quand "la cour" arrive, ces avocats qui déclament – tu avais eu très peur. Mais peu à peu tu retrouvais des forces, de l'assurance on me disait. On t'avait procuré du travail. Tu voulais être un ouvrier modèle. C'était le moment de montrer de quoi tu étais capable. Je te l'avais répété. S'agit d'être réglo sinon un jour les gens vous accusent, profitent des circonstances. Faut pas leur donner à causer alors on risque rien.

Ou pas grand-chose.

Moi j'ai choisi, c'est différent.

Pourquoi t'es jamais venu ?

C'était loin ? Y a un autobus. À des prix raisonnables. Et même pas cher avec l'abonnement. Je le sais parce qu'une copine (mais va pas t'imaginer que les copines ça court les rues – ha ha, disons que ça court les couloirs, ou plutôt que ça court pas – tu cours, on te met au mitard, même si c'est pas vraiment courir, seulement trottiner sur des jambes à varices), je disais donc que je connais le prix du billet, parce qu'une de ces emplacardées, la préposée à l'épluche, m'a dit que sa mère le prend. Oui, l'autobus, pour visiter sa fille qui a chopé quinze ans et qu'ils emploient à la cuisine, elle a presque mon âge mais aussi la chance d'avoir encore une maman lui apportant des friandises.

Pourquoi t'es jamais venu ? J'allais te rembourser ton voyage. Ici on gagne un brin quand on trime. Le pécule. Je t'aurais passé dix euros, peut-être vingt, j'aurais souri, Garde la monnaie mon ange.

C'est bien d'avoir encore sa mère. Et en plus qu'elle vous coûte rien. Suppose que je sois restée dans mon deux pièces en ville. Avec l'inflation, comme ils disent, l'augmentation du loyer, de la baguette, des pâtes Lustucru, du fioul pour la chaudière les bonnes âmes autour de toi aussitôt sauvé du chômage se seraient manifestées pour que tu me verses une pension. Sûr que je pouvais refuser mais tu aurais eu des remords tandis que moi étant ici – nourrie logée – il va sans dire que t'as rien à payer. Et même je t'ai recommandé d'emporter chez toi la machine à laver. Dans la maison sans chauffage, très humide, elle sera fichument rouillée quand j'aurai terminé ma peine. Pourquoi pas me visiter quelquefois, m'offrir un petit cadeau, un peu de chocolat noir (Lindt, marque *Excellence*, 70 % de cacao. Ou Kohler. Même à la rigueur du 60 % je suis pas difficile). Pourquoi tu l'as jamais fait ? Tu savais que j'aime le chocolat et qu'en taule c'est pas au menu. J'aurais planqué dans mon casier une tablette à partager avec les autres pensionnaires.

Ici j'ai quelques préférences, la rousse aux crises d'hystérie, la jeune aux cheveux noirs qu'en a pour une dizaine d'années à moins qu'elle obtienne une conditionnelle mais elle devrait s'abstenir de râler lorsqu'on lui adresse une remarque, les gardiennes nous veulent soumises et polies. Sur ordre du directeur, un pète-sec. Hors des murs, les matonnes sont mal considérées, elles se vengent.

Paraît que maintenant tu as un bon job, l'Association s'est démenée pour toi. L'import-export paie mieux que la mécanique, j'imagine que tu mets chaque matin un costume et une cravate, pas un vieux tee-shirt et des jeans. Espérons que ta Marielle remplace les boutons qui lâchent, qu'elle dépose à la teinturerie ton pantalon à détacher quand tu renverses dessus ton jus d'orange. Non, je te traite encore en gamin, je veux dire quand tu renverses ton apéro au cours d'une soirée pour une grande occasion ça arrive sûrement dans ta vie nouvelle. Je ne suis pas au courant des grandes occasions de la vie de mon fiston depuis le temps qu'on me tient derrière les grilles. Je fréquente les détenues qui rabâchent et les surveillantes qui hurlent, puis les visiteuses de l'Association, et ce mec, un écrivain, nous demandant de conter nos tracas quotidiens comme si on avait une existence valant qu'on en fasse une histoire. On a le droit de s'inscrire à l'atelier d'écriture pourvu qu'on soit inscrite aussi à l'atelier des tee-shirts qu'on fabrique pour les Galeries. Jennifer, que j'ai connue toute gamine – qui voulait être bonne sœur – a cherché à se dévouer en entrant à l'Association. Elle vient chaque semaine prendre mon linge et me le ramène tout propre, parfois déclarant qu'elle a déniché pour moi chez Emmaüs un pyjama encore en bon état puisque les chemises de nuit ça se fait plus. Mais ici tout se fait. Y a même des femmes qui vont au lit avec une chemise d'homme, la chemise de leur mari, amant, fils, neveu. Disent que ça aide à supporter l'absence. Moi je me colle sur le ventre les deux brassières de quand tu étais môme et que Jenny a retrouvées parmi le linge de mon armoire.

Jennifer est menue et elle a l'air fragile mais en dedans quelle énergie. Elle m'apporte des livres, insiste pour que je les lise et me dit que si j'en parle avec l'écrivain je serai pas uniquement celle-là qui surfile les coutures (oui, parce qu'on se spécialise, ça augmente le rendement). Mais j'ose pas trop m'adresser à l'écrivain qui a un peu plus que ton âge, ne connaît rien aux tee-shirts, à la manière de les couper, et nous donne un tas de mots pour qu'on en fasse bon usage, des mots qu'on appelle "lanceurs". Qui permettent de se lancer. Dans une histoire.

Autrefois j'aimais les contes, je te lisais le loup la fée les rois les reines. Et puis ton histoire à toi m'a engloutie, cette histoire des petits paquets qu'on a découverts chez moi. Quand j'avais encore un chez-moi.

Ici, pourquoi t'es jamais venu ? Tu m'as écrit quelques cartes de Joyeux Noël/Heureuse Année. Qu'annonçaient jamais ta visite. J'allais pas insister pour que tu m'expliques, que tu fournisses des raisons. J'avais choisi mon avenir, signé des aveux t'évitant la mise en examen et d'être bouclé en cellule. Moi ça me plaisait plutôt de pas sortir chaque matin m'acheter à manger – mon réfrigérateur est mort, ça coûte cher à remplacer.

Tout aurait été différent si ton père était pas parti. Sans un mot mais j'ai très vite compris. Ton père et toi vous vous entendiez bien. Le soir vous faisiez ensemble une balade. À pied ou à vélo. Tu parlais. Ton père parlait aussi, sans doute il te disait, Reste du bon côté. Sois honnête. Comme ta mère.

Toi, notre fils, tu approuvais, je suppose. Jusqu'au jour où tu m'as vue avec Antoine Pilch, le voisin.

Ça m'est égal de vivre mes dernières années en taule. Au moins on a de la compagnie. À l'atelier on cause, on se plaint de la nourriture à mi-mot et à mi-voix. S'agit pas de râler dur pour la façon dont on nous traite. D'ailleurs on nous traite pas mal, jugées coupables finies, les exigences, y a plus qu'à accepter. Dès qu'on t'a accusé j'ai dit non, j'ai dit, C'est moi. Tu m'avais promis de te taire, après tout je t'ai mis au monde, ayant si fort désiré un enfant rien de plus normal que je l'aide quand il est dans l'ennui.

Lorsque les flics ont perquisitionné, qu'ils sont tombés sur les boîtes j'ignorais ce qu'elles contenaient. Ce placard je l'ouvrais plus. Autrefois ça servait à y fourrer tes jouets. Dans les boîtes les petits paquets étaient rangés serrés. J'ai hésité. Je ne suis pas très au courant des combines des jeunes mais soudain ça m'a frappée. J'ai pigé. Tu te payais des fringues en pagaille, tu m'avais offert un collier. Pas en vraies perles mais tout de même — Je touchais une faible retraite et t'en réservais la moitié, c'était maigre. Pourtant tu achetais tu achetais. On a dit (à l'Association) que les garçons privés de père se laissent aisément entraîner par des types qui prennent sa place. Ton père à toi n'aurait jamais admis que tu t'emplisses les poches avec de sales trafics.

Je suis ta mère. Et responsable. J'aurais dû t'inter-roger, m'efforcer de savoir d'où provenait ce fric mais je me voyais comme une maman sympa qui se mêle pas des affaires de son fils, qui lui donne aveuglément sa confiance. Simplement une mère qui aime. Jenny (de l'Association) elle dit qu'il est inutile de remuer tout ce passé.

Que ton père accepte de me croire et rien ne serait arrivé. C'est ma faute s'il s'en est allé. Je n'ai pas su le retenir, pas su le convaincre. Donc ça m'a semblé naturel que plus tard je m'accuse à ta place. Après qu'Antoine, le voisin —

C'était un jour de septembre, ton père avait rangé les vélos dans l'appentis, il te suivait.

Tu as vu Antoine debout derrière moi. J'étais pen-chée devant mon évier. La porte ouverte sur la cour à cause d'une chaleur inhabituelle en cette saison. J'étais là sans y être, je réfléchissais très profond à l'avenir de l'humanité, au monde légué à ces enfants que tu aurais plus tard avec Marielle (ou bien une autre). J'avais chaud et froid en même temps (c'était juste de l'inquié-tude). Soudain deux bras m'ont entourée, deux mains m'ont touchée, mes seins étaient jolis encore, des mains fortes et caressantes, les poignets sortant d'une veste de toile grise comme celle que ton père avait pour le travail. Tu es entré dans la maison. Quand au bruit des pas je me suis retournée lançant un cri indigné tu m'as dit, l'air de rien, J'ai rapporté le pain. Ton père qui s'avançait derrière toi a pâli. Antoine, les bras retombés, bafouillait, Je voulais emprunter — et puis il a filé. À cette heure-là, début d'automne, on tarde à allumer les lampes. J'ai expliqué de mon mieux qu'Antoine Pilch s'était glissé en silence dans ma cuisine. Pas un instant je n'avais eu le moindre doute que le geste amoureux était de mon mari. Ton père a refusé de m'entendre. Le lendemain il partait. Avec un sac pour tout bagage.

Alors, quand tu as mal tourné, c'était pour moi si simple si normal de me déclarer coupable. Puisqu'on disait que le voisin en m'enlaçant t'avait privé de l'amour paternel et de l'autorité d'un père qui t'aurait évité de faire des bêtises. Même dans cette Association de soutien aux prisonniers, d'aide à leurs familles (bien sûr après enquête du Secours catholique) on me croyait, on te plaignait. Je me disais que tu comprendrais, j'avais joué mon rôle de mère. Je la tenais cette belle histoire qui resterait entre nous sans qu'on en parle jamais comme un secret très précieux, quand tu viendrais.

Je t'ai attendu des jours des semaines des mois des années.
Pourquoi t'es jamais venu ?

Encore une belle journée

Ça commence comme d'habitude. On croit que le soleil qui vient de se lever ne se couchera plus. Va monter va tourner, se fixer au sud et n'en plus bouger, énorme et féroce. On enfile les vêtements propres qu'on trouve par miracle posés sur la commode. À la cuisine on boit un verre de lait. Mitzale, l'aide ménagère, est repartie dans sa tribu. Elle a dit que son mari la réclamait.

On enjambe la fenêtre on traverse le jardin. On sonne à la porte de Freddie, celle de la maison d'en face. On attend. Un instant et les parents se montrent, le père tout ébouriffé, la mère en robe de chambre à fleurs. Ils s'écrient, Ah petit vieux tu ne savais pas que Freddie était chez sa mamie. Ils demandent si on veut manger une tranche de cake au gingembre. On dit, Non. Au revoir et merci.

Cette famille mange du cake au gingembre c'est pourquoi Freddie est jaune et boursouflé. On flâne un peu dans la rue, monsieur Méchein sort sa voiture pour aller au travail. Madame Méchein dans sa cuisine frappe à la vitre et prononce des mots en silence, sa bouche s'ouvrant, se refermant et cetera. Monsieur

Méchein rentre et revient tenant son porte-documents en peau de crocodile.

On va plus loin et on voit que les éboueurs n'ont vidé qu'à moitié le grand bidon à mazout qui sert de poubelle aux nouveaux, ceux qui logent dans la maison des parents de Marcellin Plumier. Marcellin glayait comme un phoque quand il a déménagé, il était sur le trottoir brandissant un moulin à légumes oublié en remplissant les caisses, il chialait tellement que son daddy l'a obligé à se moucher parce que les larmes fuyaient de partout. On était là répétant, Salut Marcellin, et le père a juré qu'il ramènerait son fils de temps en temps pour dire Hello. N'est pas venu. On s'en moque parce que Marcellin est un gouaffe, un mollasson, un gars qui geint, Ouille aïe houlà. Ses parents en ont eu marre et l'ont trucidé, probable.

Dans le journal il y a des histoires de ce genre, le père prend son rejeton par l'épaule et lui cogne la tête sur le mur jusqu'à la défoncer. Puis le père est en prison pour dix ans (circonstances atténuantes).

On fouille profond dans le bidon, on pêche une godasse à la semelle trouée, ils ont laissé un lacet, on l'enlève l'enfonce dans la poche du pantalon ça peut toujours servir. Les fleurs bleues coulent en longues grappes par-dessus la clôture. On saute bras tendus pour toucher les pétales, en attrape un qui se déchire devenant une chose dégoûtante et fripée, de la peau de lait bouilli, l'aile d'un papillon coincé sur un tue-mouches. On pousse un pavé du pied, cheville tordue on souffre, ce sera si bon de ne plus souffrir tout à l'heure. Les lèvres s'étirent en un sourire stoïque.

On rencontre monsieur Jarban dans sa promenade du matin avec son chien, un fox-terrier, monsieur Jarban dit, Bonjour gamin, il dit, Déjà levé ? Il s'arrête un moment devant le magnolia, sa main caresse son pantalon, on croirait qu'il veut pisser mais il rajuste seulement les boutons. Il dit, Encore une belle journée. Il dit que l'orage s'est déplacé vers l'ouest et, Qu'en pense ton père de cette histoire de bombes à l'ambassade c'est embêtant, ça ne va rien arranger. À présent, dans la maison où habitait Marcellin Plumier et ses vieux, y a des gens qui sont noirs de peau, qui ont des enfants noirs de peau. Des gens qui sûrement soutiennent les rebelles mais se donnent un air de pas s'en mêler. Le garçon s'appelle Eden et la fille Laïda-Macha. Le nom des parents est long et compliqué.

On n'a pas la permission d'entrer chez Eden et Laïda alors on y va quelquefois sans en avoir vraiment envie parce qu'ils ne connaissent pas les jeux, ne cherchent qu'à dessiner sur le perron en alignant des cailloux. Leur mère s'habille de soie, elle a des ceintures brillantes, des colliers qui font du bruit quand elle marche. Monsieur Elgar marmonne que les parents Plumier auraient pu penser à leurs voisins qui les recevaient et tout avant de louer la maison à ces gens-là, différents par la couleur et leurs amis. Après il faut supporter les troubles les revendications les attentats, ça n'est pas juste. Disent monsieur Elgar et le père de Freddie qui lisent tous deux le même journal, appuyés à la grille des Elgar et leurs doigts se heurtent car ils ont voulu en même temps écarter une sauterelle qui s'était posée sur les *Dernières minutes*. La suite en troisième colonne. Monsieur Elgar demande s'il peut tourner la page.

On est du côté des numéros pairs, assis sur le mur de madame Davigneau et de son frère, conseiller de la présidence. Lui n'a pas de grilles autour de sa maison. Les autres lui reprochent son insouciance. Mais pourquoi se tracasser quand pourtant on fait attention et qu'on voit ce qui arrive. Les fusils qui tirent au hasard. Hommes et femmes en danger, enfants encore davantage et pour le motif qu'il y a trop de mômes à ce que disent les gens, rapport à tous les gargois bicots cavars dogos qui amènent leurs chiards à l'école et heureusement disent les autres – les pas dogos, les pas cavars – heureux qu'on a les moyens, nous, de payer à nos gosses un cours privé dont l'esprit reste fidèle à ceci cela les vertus les principes. On ne leur dit pas que les profs sont des gringues ça leur ferait de la peine avec tous ces chèques qu'ils envoient et les suppléments pour équipement de sport promenades éducatives et assurance tous risques.

On est allé au bout de la rue, allé-revenu. Dans les maisons ça remue. On s'est avancé jusqu'au porche d'Eden et de Laïda on a regardé le dessin qu'ils ont inventé ce matin en choisissant des pierres blanches et c'est comme un genre d'oiseau avec les ailes courbées, très longues. Pour l'œil ils ont posé au bon endroit un grain de mil. Eden et Laïda-Macha ne vont pas en classe aujourd'hui parce que hier ils ont eu des coliques. On décide qu'on n'ira pas non plus, le soleil est comme enragé, c'est sans doute pas loin du préau que les bombes ont explosé. Suffit de dire aux parents — en claquant des dents une minute. On le dit, ils boivent leur thé, se prennent le front, et soupirent qu'après tout pour une fois. Mais ne va pas courir je ne sais où.

Sans courir on file jusqu'à l'ambassade pour constater les dégâts, le mur est éventré. Les soldats sont raides et disent de circuler, la sueur est au bord de leurs casques en gouttes luisantes comme les perles d'une couronne, on veut savoir si la bombe cette nuit c'était gros comme ça ou ça ou un peu plus. Ne répondent pas, ont l'ordre de ne rien dire aux gens à l'exception des généraux, des présidents, des ministres.

Un jour là-bas dans la campagne, un jour avec des émeutes on avait franchi le fossé malgré la pancarte *Passage interdit* et des soldats ont crié, Qu'est-ce que tu fous, casse-toi ou je te flingue. Depuis on s'interroge, un père à l'ambassade ça suffit pour la protection ? Un père qui monte chaque matin dans une voiture impeccable et le chauffeur tient la portière, casquette à la main, et se courbe. Marcellin Plumier une fois a déclaré que son père à lui jamais il voudrait de tous ces tra-la-lères.

Eden et Laïda-Macha s'en tapent, ils n'ont pas d'idées sur les voitures de luxe, non plus sur les autres voitures, ils font des dessins en cailloux c'est tout ce qui les intéresse. La mère de Laïda-Macha lui trace des raies dans les cheveux qui dessinent des parterres et au milieu de chaque carré une petite tresse jaillit comme la racine aérienne de l'émérinatura qui se nourrit d'oxygène. Quand on leur dit (à Eden et Laïda) qu'on a retiré un lacet de leur poubelle et que faudrait pas jeter ce qui est encore utile ils lèvent les yeux les écarquillent. Le pays qu'ils voient se reflète dans le noir de leurs pupilles, un pays où rôdent les rebelles.

Madame Méchein extrait de son garage une bagnole minus, son mari a pris la grosse ce matin comme d'habitude. Madame Méchein va au marché. Quand elle est de bonne humeur elle propose, Grimpe, je t'emmène. Aujourd'hui elle ne dit rien, on n'a pas envie justement, pas le goût de circuler dans ce tacot avec pour chauffeur cette — Embardée dérapage collision. Hurlement. Si on le dit en y pensant très fort ça peut arriver ça arrive, ceux-là de la Securit emporteront la Méchein sur une civière, visage en sang, défigurée. Monsieur Méchein criera, Pauvre chérie. Et puis, Ah cette fois je me fâche. C'est ce qu'il dit quand il trouve des saletés devant sa porte. Et il appelle le jardinier pour qu'il balaie et ratisse.

Laïda-Macha est devant le perron. La terre nue est rouge et sèche entre les brins d'herbe aplatis. Les sandales dansent sur la terre rouge quand Laïda saute à la corde. Elle saute pour les rebelles, *gagneront gagneront pas*, elle finit par *gagneront*. Eden est assis sur une marche. Il aspire le jus d'une orange qu'il a frappée contre le mur, après il a fait un trou dans la peau. On s'efforce de s'empêcher de dire en dedans espèce de (dogo-cavar-bicot-mistouille) quand il tend son orange en offrant, À ton tour. On le regarde un moment pendant qu'il est là, bras levé, les dents brillantes entre ses lèvres mauves. On recule jusqu'à la barrière. Alors il ouvre la main et l'orange tombe avec un plaf sur le ciment.

On traîne au long de l'avenue en se donnant l'air d'être pauvre, de préparer un mauvais coup. On trace *bande de*, sur le sable du bas-côté avec le pied. On

ramasse des morceaux d'objets, une capsule de bouteille et du papier alu, on les jette par-dessus la grille
près des Méchein, ceux du chien enragé. Il rugit
comme un fauve, on lui dit des injures. La fille qui a au
moins vingt ans ouvre la fenêtre. Elle dit, Rak ça suffit,
la paix Rak ah c'est toi, je croyais — tu ne vas pas au
collège ? On dit que les profs de troisième ont tous été
égorgés dans la nuit. Par les dogars, les cabis. Elle
hausse les épaules. Et aussi les grognoufs les ponces.
On dit qu'ils vont nous tuer. Peut-être. Est-ce qu'elle
voudrait bien qu'elle et moi partent nous deux dans un
pays où les gens s'aimeraient. Loin au-delà des vallées,
des continents. Du lac grand comme une mer, d'un
océan bleu comme. Elle rit. Qu'est-ce qu'elle ferait
d'un garçon de mon âge avec pas plus de jugeote qu'un
baby dans les langes c'est son point de vue pas la peine
d'insister. Connasse. On dit, Tu n'as pas vu la bombe
à l'ambassade, ne reste qu'un cratère qui fume. On
essaie de raconter la plaine dans les yeux de Laïda-
Macha mais ça ne va pas, elle rit encore, n'y pige que
dalle. Elle boucle le chien dans l'abri de jardin elle
crie, Attends, je te sers une limonade. Elle est seule à
la maison, on entre au salon on s'assoit sur le canapé,
elle a ouvert une boîte de bière, la mousse déborde sur
ses doigts, de la poche du pantalon on tire le lacet récu-
péré on dit que c'est assez solide pour se pendre, elle
sent la femme, une drôle d'odeur, elle dit que son
parfum coûte une fortune, ça se vend en flacons minuscules. On renifle, on grimace. On boit la bière lèvres
collées en dessous du clapet ça glace l'estomac ça
embrouille les idées. Alors on s'arrache, trois pas hési-
tants puis on marche droit vers la porte. Elle laisse ses
tongs sur le carrelage et s'en vient jusqu'à la grille, elle
ferme à clé, relâche le chien.

On est seul dans l'avenue comme au milieu d'un désert. Freddie est parti s'engraisser chez sa grand-mère, déjà qu'il était tout gonflé. C'est l'heure du déjeuner. Puis ce sera l'heure de la sieste, on rentre à la maison. Dans le réfrigérateur il y a des fruits, du fromage, une salade et de la viande, un dessert. Les parents sont occupés à leurs affaires. On mange sans même s'asseoir. Un peu de ci et de ça. On suce le bout du lacet qu'on a pêché dans la poubelle, en sort un goût de ces mains qui l'ont noué en rosette. On ne mange pas la crème à la vanille qui a une mouche au milieu. Dans la chambre les rideaux sont encore joints. On s'allongera presque nu dans une fausse nuit chaude et moite. Dehors le soleil doit être au plus haut et savoir s'il va redescendre. Quelqu'un a écrit *Barrez-vous* sur le mur d'en face. On ne sait plus à qui les mots s'adressent, aux dogos ratons ou cavars, aux papachons, aux pas froidés. Ils diront, les gens d'alentour, Fais pas l'intéressant la vie se chargera de te. On dit la vie, demain, plus tard. On a des couleurs à l'envers des paupières, des rouges et des jaunes qui tournoient, éclatent, lançant mille aiguilles dans la tête.

Ils croient, les mères et les pères, les autres de l'avenue, les profs et ceux de l'ambassade ils croient qu'on n'y comprend rien, qu'on est heureux, qu'on n'a pas peur. Ils vont dire, Ça nous apprendra, nous pensions que ce pays était un coin de paradis, Ouvrez vos yeux et vos oreilles. Écoutez nos conseils, nos recom-mandations. Méfiez-vous de ces gens qui prétendent — Mitzale a rejoint sa tribu, son époux l'a ordonné. Ils disent que tout s'arrangera mais leurs mots tremblent.

Ils déclarent que le temps venu — Dix secondes ont passé déjà. On regarde le fond des choses. Puis c'est du noir juste un peu poudré d'or. L'oiseau d'Eden, l'oiseau de Laïda, s'élève en travers du ciel avec un cri terrible.

Les nouvelles « Astéroïde », « Chantal », « La vie, quoi », « Tais-toi », « Dieu reste impassible » et « Pourquoi t'es jamais venu ? » sont inédites.

Les autres ont été publiées dans divers ouvrages devenus introuvables :

« Mercredi des Cendres », « C'est mardi aujour-d'hui » et « Encore une belle journée » proviennent du recueil *Enseigne pour une école de monstres*, Gallimard, 1977.

« On n'est pas des sauvages » est extraite de *Dieu regarde et se tait*, Gallimard, 1979.

« Le Maître », « Moi, mon père » et « L'interroga-toire » sont issues de *Quelquefois dans les cérémonies*, Gallimard, 1981.

« Une voiture blanche » a été publiée dans le recueil *D'un lieu l'autre*, Bleu autour, 2008.

Composé par Nord Compo
à Villeneuve-d'Ascq (Nord)

Imprimé en Allemagne par
GGP Media GmbH
à Pößneck
en juin 2011

POCKET – 12, avenue d'Italie – 75627 Paris cedex 13

Dépôt légal : juillet 2011
S20990/01